LES 5 DERNIERS DRAGONS

DRACONTIA

LES 5 DERNIERS DRAGONS

DRACONTIA

TOME II

Danielle Dumais

ADA JEUNESSE

Copyright © 2014 Danielle Dumais
Copyright © 2014 Éditions AdA Inc.

Éditeur : François Doucet
Révision linguistique : Daniel Picard
Correction d'épreuves : Nancy Coulombe, Katherine Lacombe
Conception de la couverture : Mathieu C. Dandurand
Photo de la couverture : © Thinkstock
Mise en pages : Sébastien Michaud
ISBN papier 978-2-89752-163-9
ISBN PDF numérique 978-2-89752-164-6
ISBN ePub 978-2-89752-165-3
Première impression : 2014
Dépôt légal : 2014
Bibliothèque et Archives nationales du Québec
Bibliothèque Nationale du Canada

Éditions AdA Inc.
1385, boul. Lionel-Boulet
Varennes, Québec, Canada, J3X 1P7
Téléphone : 450-929-0296
Télécopieur : 450-929-0220
www.ada-inc.com
info@ada-inc.com

Diffusion
Canada :   Éditions AdA Inc.
France :   D.G. Diffusion
              Z.I. des Bogues
              31750 Escalquens — France
              Téléphone : 05.61.00.09.99
Suisse :   Transat — 23.42.77.40
Belgique :   D.G. Diffusion — 05.61.00.09.99

Imprimé au Canada

Participation de la SODEC.
Nous reconnaissons l'aide financière du gouvernement du Canada par l'entremise du Fonds du livre du Canada (FLC) pour nos activités d'édition.
Gouvernement du Québec — Programme de crédit d'impôt pour l'édition de livres — Gestion SODEC.

Catalogage avant publication de Bibliothèque et Archives nationales du Québec et Bibliothèque et Archives Canada

Dumais, Danielle, 1952-

    Les 5 derniers dragons
    Sommaire : t. 11. Dracontia.
    Pour les jeunes de 10 ans et plus.
    ISBN 978-2-89752-163-9 (v. 11)

    I. Titre. II. Titre : Dracontia. III. Titre : Cinq derniers dragons.

PS8607.U441C56 2011   jC843'.6   C2011-9413
PS9607.U441C56 2011

PLANÈTE DINA

« La possession du pouvoir corrompt
inévitablement la raison. »
— Emmanuel Kant

PROLOGUE

L e mythe de la dracontia, une pierre noire aux mille pouvoirs, se perd dans la nuit des temps. La légende prétend que cette pierre réside à l'intérieur même du cerveau de chaque dragon et qu'elle doit être (oh! horreur) extirpée lorsque l'animal est encore vivant s'il est désiré que la dracontia conserve sa formidable puissance de protection.

Plus de 2 000 ans avant l'ère du roi Wilbras I, on raconte qu'un mage talentueux et rusé avait réussi cet exploit grâce à un envoûtement inconnu. On raconte aussi que, grâce à cette pierre, ce mage possédait le pouvoir suprême sur les dragons, les démons et les génies, un pouvoir non négligeable, voire épouvantable si cet être était malintentionné.

Fort heureusement, ce mage avait, au contraire, un esprit bienveillant et des préoccupations louables. Il apporta l'harmonie au pays et une grande sérénité dans la population. Puis, subitement, Dorado fut replongé dans un effroyable chaos provoquant l'extinction d'un grand nombre d'animaux.

Qu'est-il vraiment arrivé à ce mage et à cette pierre ? Aurait-il tout simplement perdu la pierre ou serait-elle tombée entre les mains d'un malfaiteur ?

Par bonheur, les enchanteurs se servirent de la magie, et elle fut d'un grand secours durant cette longue période sombre aux grandes perturbations. Ils réussirent à rétablir la paix. Aucune manifestation malveillante ne se reproduisit. Cependant, durant cette période, le doute s'installa quant à la véracité de cette histoire. Puis, les années passèrent, et la dracontia devint un conte parmi tant d'autres que l'on racontait le soir pour se divertir.

Jusqu'au jour où elle refit surface dans un autre pays très lointain, un pays inconnu des Doradois.

En effet, elle se retrouva entre les mains d'un roi venant d'une contrée inexplorée. Celui-ci fut séduit par cette bille plate noirâtre aux reflets bleutés. Il décida de la faire ciseler. Selon les désirs de ce souverain, l'orfèvre-joaillier transforma le disque en une étoile à six pointes. Puis, il l'incrusta dans un sceau. Avec le temps, le roi exigea qu'il soit enchâssé dans un anneau (question de praticité pour l'avoir en tout temps sur lui) et il le porta à son annulaire. Sans le savoir, il devint avec cette bague le roi le plus puissant de tous les temps.

Il acquit de vastes territoires, et son peuple fut prospère jusqu'au jour où le roi mourut. Les citoyens lui construisirent une sépulture digne de son sang royal. Un grand monument fut érigé, et le corps fut déposé dans un magnifique tombeau scellé, avec tous ses bijoux et autres objets des plus précieux.

Malheureusement, une crapule réussit à l'ouvrir et à profaner le tombeau. Cet individu sans moralité s'empara de la dracontia. Ce malfaiteur du nom de Blokula fit la pluie et le beau temps en faisant appel aux démons et aux génies pour assécher des terres, déclencher des éruptions volcaniques à répétition et provoquer des pluies diluviennes. Il en vint à arpenter Dorado et à semer la terreur, au grand dam de tous.

Un mage très puissant du nom de Kaal s'investit alors d'une seule et unique mission, soit celle de rétablir l'ordre et la paix. Pour ce faire, il se devait de retirer la dracontia à Blokula. Bien que ce dernier fût habile à se cacher et difficile à retrouver, Kaal réussit habilement à le trouver et à le déjouer.

Comme Blokula était un grand amateur de vins et de liqueurs de cassis, Kaal lui en offrit à profusion, et le détenteur de l'objet convoité s'enivra et sombra dans un sommeil profond. Pour Kaal, ce fut un jeu d'enfant de s'emparer de la bague. Lorsque Blokula s'aperçut de la perte de son précieux objet, il se retrouva dans une telle colère qu'il crut qu'un démon s'en était emparé, et il partit à sa recherche. Depuis ce jour, il cherche la dracontia dans les moindres recoins de l'enfer.

Lorsque l'extinction des dragons arriva, Kaal pensa à une astuce pour dissimuler les cinq derniers œufs de dragon et conserver un lien lors de leur libération. Il sépara un pentacle en cinq parties, une pointe pour chaque porteur. Lors de son intervention et de celle d'un phénomène particulier inattendu, les deux pierres ornant le bijou disparurent. Il s'agissait de la pierre de lune d'un côté et, de l'autre, d'une pierre noire, la dracontia.

Grâce à ses dons exceptionnels, il sut que la pierre noire s'était retrouvée sous plusieurs mètres d'eau. Il en fut rassuré, car les esprits maléfiques détestent l'eau. Toutefois, lorsque le mage voulut la récupérer, il en fut empêché par une créature qui lui bloqua l'accès, une créature hideuse qui se prélassait au fond du lac. C'est alors qu'il se rappela qu'une minorité de démons aimaient les eaux, particulièrement les eaux troubles comme celles du lac Noir.

Pourtant, le temps pressait. Il se faisait vieux, et la pierre noire devait appartenir non plus à lui, mais à un jeune mage. Il partit à la recherche de cette personne. Il parcourut tout le continent Alphard, le traversant dans tous les sens, lorsqu'il rencontra Andrick Dagibold à la Terre des Elfes, le porteur du pentacle. À ses yeux, il était la personne choisie par les dieux. Il ne voyait que lui pour porter cette pierre.

Sachant que les porteurs et les dragons étaient libérés et qu'ils étaient sur le chemin du retour, vivement il revint à Dorado. Hélas ! un mauvais esprit, faible mais assez fort, le suivit là où il se rendait.

CHAPITRE I

ENCORE DES ÉPREUVES

Sous un ciel matinal et sans avertisse-ments, les cinq dragons s'étaient envolés brusquement. Le départ fut si fulgurant que les chevaliers du Pentacle en restèrent figés et sans voix. Assez rapidement, ils purent constater qu'ils ne reviendraient pas vers eux, ni dans l'heure qui venait, et peut-être bien, ni dans les jours prochains.

Andrick les fixait. Maintenant, les dra-gons Spino, Draha, Aqualon, Luftia et Nahéma n'étaient que de petites taches dans ce firmament sans nuages qui se dirigeaient de plus en plus vers le nord.

Encore sous le choc, Ramon, aussi surpris qu'eux, cassa la glace en s'adressant au jeune chevalier d'une voix grave et incrédule :

— Ils reviendront. Nécessairement, ils reviendront. Tu es le porteur du pentacle. Ça ne peut qu'être ça ! Ils reviendront... vers toi.

— Mais vous voyez bien qu'ils sont partis, se choqua-t-il.

Au lieu de lui répondre sur-le-champ, Ramon, le plus vieux du groupe, joua pensivement dans sa barbe, couleur poils de carotte, avant d'en arriver à cette conclusion :

— Ma femme a raison. Draha est partie à la recherche du seul dragonneau vivant. Elle est probablement en route vers la Cité de glace. Dès que nous avons quitté la Terre des Elfes, nous avons ressenti sa tristesse et la perte de sa joie de vivre. Une mère n'abandonne pas son seul enfant survivant même si, dans un premier temps, elle s'est montrée généreuse envers Yuka en le lui donnant. Les autres dragons ont compris sa détresse et l'ont suivie en signe de solidarité.

Agenouillé, Andrick porta la main à son pendentif. Une chaleur bienfaisante s'en dégageait. Il reconnut qu'il disait vrai. Ils reviendront, mais quand? Néanmoins, en les voyant disparaître ainsi dans le firmament, un immense chagrin s'empara de lui. Malgré la profonde envie de pleurer et le sentiment de déshonneur qui l'habitait, il ravala ses larmes.

La veille, ils avaient atterri sur une île inhospitalière, au sol rocheux et garni de quelques éléments de végétation, pour échapper aux Croqueurs d'os. Il avait cru que cette île leur procurerait protection et serait un bon point de départ pour s'envoler vers Dorado avec ses dragons défenseurs. Hélas! Ce matin, la cruelle réalité les avait tous estomaqués. Les dragons en avaient décidé autrement. Probablement que ce choix de les quitter était pris depuis plusieurs jours.

Andrick se releva péniblement.

Ramon s'approcha de lui et lui donna deux tapes affectueuses à l'épaule. L'idée qu'il avait énoncée qu'un jour prochain les cinq derniers dragons seraient auprès de lui l'apaisa. Il lorgna en direction du continent,

3

vers la Terre des Cinq Peuples, puis il fixa un coin plus à l'est, vers Dorado, vers la destination finale de sa mission. La douleur lui revint, lancinante et irradiante dans sa poitrine.

Dire que, quelques instants plus tôt, il avait reconnu l'embouchure du fleuve s'écoulant entre Dragroux et la forêt des Charmes. Une immense joie s'était emparée de lui. Sa terre natale était là, à quelques heures de vol, à portée de main. Cet emballement à l'idée de fouler à nouveau le pays de ses ancêtres fut vite estompé par le départ précipité de leurs précieux compagnons. Les dragons n'étaient plus avec eux. Ses épaules s'alourdirent, et son dos se courba.

— Qu'est-ce qu'on fait ? lui demanda Philémon qui fixait encore le firmament.

— Nous rentrons chez nous sans les dragons, admit Andrick d'une voix lasse.

En le disant, il fut saisi d'une seconde douleur à la poitrine, si forte qu'il dut s'accroupir.

— Qu'est-ce qu'il y a ? s'inquiéta Nina.

— Je ne sais pas, gémit Andrick. C'est douloureux.

— C'est le pentacle ? demanda sa jumelle.

— Oui, grimaça-t-il.

Elle posa sa main sur la tunique de son frère où le talisman se trouvait. Elle ressentit elle aussi une chaleur brûlante. Elle retira vite sa main.

— Qu'est-ce que cela signifie ? s'écria-t-elle.

— Je crains qu'il m'avertisse d'être prudent.

— Pourquoi ? s'informa Inféra.

— Je ne sais pas ; peut-être parce que Dorado n'est plus le Dorado que nous avons connu, lâcha-t-il sans réfléchir.

— Tu pourrais être plus précis, Andrick ? s'enquit Philémon.

L'interpellé se releva en frottant sa poitrine endolorie.

— Est-ce que ça va ? s'inquiéta à nouveau Nina.

— Oui, merci, la douleur a disparu ! Elle est partie aussi vite qu'elle est venue.

Philémon le fixait et attendait une réponse à sa question.

— Pour tout dire, Philémon, il ne me parle pas. En revanche, il m'arrive de faire des rêves bizarres dont l'origine, je crois, provient du pentacle. Parfois, j'ai l'impression d'y être. Je ressens la pluie, le froid, la douleur, enfin tout ce qu'on peut ressentir dans la vraie vie.

— Et alors? s'effraya Nina. À quoi as-tu rêvé dernièrement?

— Depuis quelques nuits, une ombre blanche apparaît dans mes rêves et elle m'alerte d'être vigilant. Elle m'a dit de rechercher au plus vite la pierre noire parce qu'elle appréhende que la pierre de lune et les sept dormeurs ne soient pas suffisants pour toutes les autres épreuves qu'il faudra affronter à Dorado.

— Ah non, s'énerva Inféra. Je n'en peux plus d'entendre les mots épreuves, sacrifices, malheurs, douleurs... C'est assez! Sans oublier que, dès notre arrivée, nous serons vus comme des déshonorés, des moins que rien. Je vous rappelle que nous étions censés arriver avec cinq dragons. Nous rentrons les mains vides.

Flavie jeta un regard courroucé à sa fille à la respiration forte et dont le visage s'était empourpré.

— Ma chère fille, ne comprends-tu pas que le moment est grave? Nous nous devons tous d'être solidaires les uns envers les autres. Il nous faut nous montrer forts et unis. Il est vrai que les dragons sont partis, mais ils reviendront. Andrick est le porteur du talisman, affirma-t-elle d'une voix forte.

— Dame Flavie, comment pouvons-nous en être sûrs ? se plaignit Philémon.

— Parce que... parce que... bredouilla-t-elle.

— Parce que j'ai reçu cette mission, avoua humblement Andrick. Vous le savez très bien : je ne suis pas un meneur. Au contraire, j'aime l'aventure, l'indépendance, mais loin de moi l'idée de vouloir être un chef, de vouloir le pouvoir et de dire à tous ce que vous devez faire.

Nina releva sa tête fière et noble et le dévisagea. Ses traits se durcirent.

— Pourtant, ce n'est pas nous qui t'avons imposé ce choix, se choqua-t-elle. Alors, assume-le, Andrick.

Le jumeau soupira et ajouta d'une voix pas vraiment convaincante :

— Je sais. Croyez-moi, j'assume ce rôle du mieux que je le peux. Je vous demande une chose, cependant : suivez votre instinct, suivez votre sixième sens. Le pentacle est comme mon troisième œil ; toutefois, je crains qu'il ne soit peut-être pas infaillible.

La jumelle se détendit. Elle comprenait le but de son frère. Il souhaitait être entouré de bons alliés pour travailler tous ensemble en évitant la discorde et la jalousie. Tout comme son jumeau, elle saisissait que le pouvoir pouvait conduire à la dictature comme l'avait fait Odomar, le chef des Douades, ou à la folie comme dans le cas de la déesse Freyja, qui avait fait travailler les Mjöllnirs comme des esclaves en raison de sa convoitise pour les pierres précieuses.

— D'accord, frérot! affirma Nina. Je saisis ton message. Nous ne ferons qu'un et nous serons vigilants! Comme le dit un vieil adage d'un sage : tous pour un et un pour tous.

Les membres de la troupe acquiescèrent en hochant la tête. Une fois de plus, Nina démontrait plus de force et d'assurance que son frère, et pourtant le pentacle ne l'avait pas choisie. L'élu était Andrick, hésitant par moments.

Philémon aurait voulu des explications plus claires concernant leur pays d'origine. Pourquoi avait-il dit que Dorado risquait de n'être plus le Dorado qu'ils avaient connu? Le jeune porteur arborait une mine tellement épouvantable qu'il ne crut pas bon de relancer sa question.

— Maintenant, que faisons-nous ? poursuivit Nina en examinant son frère au visage blême et marqué par l'inquiétude.

— Au risque de me répéter, il ne nous reste qu'une chose à faire : rentrer chez nous, indiqua le porteur du pentacle.

Une grande tristesse s'empara de la troupe. Le cœur lourd, ils appelèrent leur bête et l'enfourchèrent. Puis, ils se dirigèrent vers Dorado sans précipitation.

Durant le trajet, Andrick songea à Arméranda qui était resté à la Terre des Elfes. Il s'ennuyait terriblement de cette chevalière aux yeux turquoise qui avait cartographié les endroits visités. Comme il espérait qu'elle revienne, qu'elle se joigne à nouveau à la troupe. Malgré sa nostalgie, il esquissa un sourire. Il ne rentrait pas au pays tout à fait les mains vides. Sa tête était pleine de beaux souvenirs et de rencontres avec des personnages impressionnants, que ce soit à la Cité de glace, à Citéforte, à Bordelo et dans toutes les autres villes, bourgs et villages rencontrés. Que dire des paysages grandioses et des constructions spectaculaires !

Après quelques instants de bonheur, il perdit son sourire. Certes, il avait vécu une aventure extraordinaire, mais cette belle aventure se terminait en queue de poisson. Du moins, c'est ce qu'il ressentait. Quel serait l'accueil des enchanteurs et des hobereaux de Dorado en apprenant leur échec, eux qui avaient cru en eux?

Une grande angoisse l'envahit au point d'avoir les mains moites et des étourdissements. Et puis, qu'est-ce qui s'était bien passé durant leur absence d'un an? Un an, c'est long. Bien des choses avaient pu survenir!

CHAPITRE 2

LES CHARMES

Au bout de deux heures de vol, ils parvinrent aux abords de Dorado. Voyageant sur les dragnards Filou et Coquette, Ramon et Flavie respirèrent à grands coups les premières bouffées de cette contrée aimée. Malgré un laps de temps important passé au loin, ils reconnurent illico les effluves des fleurs de rosiers, de lavande et de la sauge bleu argenté qui fleurissaient en cette période de fin d'été, exactement la même combinaison d'odeurs de fin d'été que lorsqu'ils avaient quitté leur terre natale. Flavie laissa couler une larme de joie.

Exactement 151 ans plus tôt, les enchanteurs avaient désigné leur fille Inféra alors âgée de 5 ans comme la future porteuse du dragon de feu. Ils avaient créé un antre de protection pour elle et son compagnon Philémon changé en un rat blanc. Incapable de prononcer correctement son prénom, la jeune fée l'avait surnommé Picou.

Puis, quelques jours après la création de ce repaire, ses parents les avaient abandonnés et avaient quitté le pays avec cinq autres magiciens dans le but de cacher quatre autres œufs de dragon dans des lieux inconnus. Et là, ils revenaient au bercail, cette fois-ci sans leurs compagnons et sans les dragons.

— Nous sommes à Dorado, s'émut Flavie. Je ne pensais jamais voir ça de ma vie !

— C'est vrai ! s'attendrit Ramon. C'est si beau ! Notre chez-nous !

Sous un soleil radieux, les deux aînés contemplèrent les abords de leur pays chéri. Puis la troupe survola la forêt de Dragroux où la belle et grande cité de jadis n'était plus qu'un bourg de quelques résidents après la terrible période qui avait suivi l'extermination des dragons. Inféra reconnut les environs. Trop excitée de retrouver l'antre où elle avait vécu de nombreuses années, elle indiqua son intention.

— C'est ici que je vivais, cria-t-elle aux autres. Je veux revoir ma demeure.

— D'accord ! répondit Andrick. Atterrissons !

Sa dragnarde Féerie se posa tout en douceur près d'un vieil écriteau couvert de moisissures. Fébrile, elle courut vers la pancarte plantée dans le sol. Les autres atterrirent non loin d'elle.

— C'est ici que j'ai rencontré la première fois Andrick, rigola-t-elle en s'adressant à lui. T'en souviens-tu ?

Andrick mit pied à terre et s'en approcha. Il s'accroupit. L'écriture était aussi indéchiffrable qu'à l'époque. Il lut à haute voix avec la même hésitation.

— Nul ne… peut ni ne doit fra… fran… cir… franchir les lini… limites de cette pon… car… pancarte sous… pei… ne de mort.

Il soupira et songea : « Si j'avais respecté ce panneau, je n'en serais pas là à me ronger les sangs. Il avait dit vrai, cet écriteau. J'ai franchi cette limite et, depuis lors, les Doradois attendaient beaucoup de moi, et qu'est-ce que j'ai fait ? J'ai failli à ma tâche. Hum… je mérite l'enfermement, peut-être bien la mort. Je suis un indigne, rien qu'un vaurien. »

— Hé, ho ! lui chantonna la belle dragon-fée, l'ancienne porteuse du dragon rouge, Spino.

Le jeune adolescent ne bougea pas, encore perdu dans ses pensées.

— Hé, ho ! Andrick, tu t'en souviens ? répéta-t-elle à haute voix comme pour le réveiller.

Frivole le ramena à la réalité en lui donnant un petit coup de tête dans son dos. Il se releva.

— Bien sûr que je m'en souviens ainsi que Frivole, s'anima-t-il en flattant le museau de sa monture. Toi, Inféra, tu te tenais derrière cet écriteau, ouin, juste là, dit-il en marchant vers le lieu. Tu avais le visage voilé. Ah oui ! dit-il en souriant, je me souviens. J'ai entendu une voix menaçante résonner à mes oreilles ! Elle était si inquiétante que je ne comprenais pas qu'une voix si grave puisse sortir de la bouche d'une si jolie fille. Tu me paraissais si élégante et si fragile que j'ai eu de la difficulté à croire que c'était la tienne. Elle m'a encore plus étonné lorsque j'ai su que c'était celle d'un rat parlant caché dans la poche de ta veste.

Ces souvenirs datant d'un an firent rire Inféra et surtout Philémon.

— J'ai peine à croire que je me réfugiais dans la poche d'une veste dès que le danger d'un chat affamé ou d'un coup de balai d'une domestique se pointait à moi, ricana Philémon. Mais où est notre habitat, notre bulle de verre?

Pivotant sur elle-même, Inféra vit une allée mal entretenue, mais assez dégagée.

— Regardez, le petit chemin existe encore! Nous n'avons qu'à le suivre, déclarat-elle d'une voix enjouée.

Philémon lui prit la main et s'engagea dans le sentier. Andrick et les autres fermèrent la marche. Ils aboutirent devant un grand frêne élevé. Aucune trace de l'antre.

— Curieux, s'étonna Inféra. L'antre est censé être ici. Je suis sûre que c'était ici. Mais pourquoi n'y est-il pas?

Ramon s'approcha d'elle. Les larmes à l'œil, il inspecta les lieux et affirma d'une voix cassante et chargée d'émotion:

— Ah, ça me revient. Nous, les magiciens, avions décidé que ton antre s'autodétruirait, c'est-à-dire qu'il éclaterait dès ton départ, dès que tu partirais en mission de recherche des autres porteurs.

— Oh! s'écria la belle Inféra toute triste, il était donc destiné à disparaître. J'aurais aimé le visiter une dernière fois, cet antre où je suis demeurée si longtemps, mon refuge.

Elle s'assit sur ses talons et chercha le moindre indice en effeuillant l'herbe haute à la base du frêne. Un vif éclat d'un minuscule objet l'attira. Elle gratta le sol pour dégager cet objet empêtré dans les racines de l'arbre et elle extirpa une bille de verre.

Elle se releva et la fit miroiter sous la lumière tamisée de la forêt. Elle y vit une surface plane située au quart du volume de la sphère, un plan horizontal représentant le plancher de l'antre. Malgré la petitesse de la bille, elle reconnut le plancher en granite rouge et noir avec un cercle doré ayant à l'intérieur l'illustration d'une étoile à cinq branches.

— Le pentacle, s'étonna Inféra. Je ne me souvenais plus de ce détail. Incroyable!

— C'est avec cette bille, reconnut Ramon, que j'ai construit ton abri.

— J'ai au moins trouvé ce beau souvenir, s'attrista Inféra.

Elle glissa la bille dans la poche de sa veste. Songeuse, elle la fit rouler entre ses doigts.

— Eh bien, retournons à nos dragnards, dit Ramon.

Inféra marcha et continua de la rouler lorsqu'une idée germa dans son esprit. Et si, un jour, elle recréait son antre ? Malgré les années passées en solitaire avec Picou, elle avait aimé ce vaste espace, cet enclos protecteur. Elle aurait bien voulu en parler à Philémon, mais il était beaucoup plus en avant et s'adressa aux autres :

— Où allons-nous maintenant ?

— Je suppose qu'on devrait se rendre au château Mysriak pour leur annoncer notre échec, marmonna Andrick.

— Hum… hum… ne sois pas si sévère envers toi, fit Ramon en éclaircissant la voix. Si tu le permets, je te conseillerais d'aller chez mon très bon ami Éxir en premier lieu. Il nous dressera un tableau clair des derniers événements depuis notre absence et, en plus, il saura nous conseiller. Il demeure à la forêt des Charmes.

— Je suis du même avis, annonça Flavie. Il a toujours été d'une grande sagesse lors des durs événements.

— Suggestion acceptée, soupira Andrick.

Il n'était vraiment pas prêt à affronter la famille royale. Aussi, cette recommandation tomba pile pour lui.

— Hum… hum… je crains que je ne puisse vous aider à vous orienter, ça fait trop longtemps que je m'y suis rendu, annonça l'aîné du groupe d'une voix faible et mélancolique.

Plus confiant, le porteur du pentacle ajouta :

— Je n'y suis jamais allé, mais je sais où est situé le domaine des Charmes. Ma mère m'a toujours dit que c'était à la pointe sud-est de Dorado. Je suivrai le conseil d'Arméranda qui consiste à suivre le littoral au lieu de piquer en ligne droite et de se perdre. À mon avis, nous devrions y être d'ici quelques heures de vol.

— Excellente idée, frérot, sourit Nina qui se remémora la belle Arméranda, cette chevalière pleine de sagesse. On y va ?

— Oui, nous y allons, répondit Ramon en enfourchant son jeune dragnard Filou à la fourrure dans les tons de roux et de brun.

Andrick s'étonna de l'enthousiasme de tous. Comment pouvaient-ils oublier qu'il n'y avait aucune gloire ou joie à démontrer puisqu'aucun dragon n'était avec eux?

Après un bon deux heures de vol, ils atteignirent leur destination. Mais, dès les premiers mètres d'approche au domaine des Charmes, quelque chose n'allait pas. Une partie assez importante de la forêt était brûlée.

Mais il y avait plus.

À un peu plus d'un kilomètre au sud de la zone incendiée, ils survolèrent une vaste construction constituée d'une partie centrale et de plusieurs ailes dont les boiseries et les portes à l'extérieur étaient peintes dans des teintes chaleureuses de pistache et d'olive. L'endroit était magnifique avec des aires aménagées pour la détente et le jardinage.

— C'est quoi, ce gros bâtiment? cria Andrick.

— Pardi, c'est le Collège de la magie, s'étonna Flavie. Que s'est-il passé? Pourquoi est-il à découvert?

Voyant que la troupe s'intéressait au collège plutôt qu'à retrouver le manoir des Charmes, Ramon les disciplina en leur criant :

— Holà ! D'abord, dirigeons-nous à l'endroit où habitait Éxir.

— Tu veux dire vers cette aire dévastée, hurla son épouse.

La conversation en volant sur des dragnards était plutôt pénible. Il fit un grand signe positif de la tête et pointa l'endroit où il voulait atterrir.

CHAPÎTRE 3

LE COLLÈGE DE LA MAGÎE

D'une petite tape appliquée sur le cou de Filou, Ramon le fit atterrir dans les herbes hautes situées à la limite nord de la zone calcinée. Les autres l'imitèrent.

— Diantre! s'écria-t-il en mettant le pied au sol. Qu'est-ce qui s'est réellement passé ici?

Ramon était ahuri devant l'envergure du territoire brûlé. Puis, il marcha en direction d'un amas calciné qui faisait penser à une ancienne demeure partie en fumée. Il se pencha et, du bout de sa baguette, dégagea de nombreux détritus, des pierres et des bouts de bois noirs. Il trouva un amas de pièces de métal dont plusieurs de formes cylindriques. Il en souleva une et l'examina.

— Non, son beau télescope en mille morceaux. C'était bien ici la résidence de mon ami Éxir ; elle est partie en fumée.

Il fit un tour sur lui-même avant d'ajouter :

— Regardez, il ne reste plus rien du beau manoir de mon ami, de son magnifique télescope et de son atelier de baguettes magiques. C'est un désastre !

Andrick et Nina ne savaient quoi dire puisqu'ils ne connaissaient pas réellement l'emplacement du manoir, ni véritablement Éxir, sauf sa réputation flatteuse de plus grand enchanteur de Dorado. Ils se contentèrent de regarder le paysage désolant qui s'étalait devant eux sur une superficie de 1 500 mètres carrés.

— Il y avait de magnifiques charmes vieux de plusieurs centaines d'années, dit Flavie. Ils sont tous partis en fumée. Qui a pu faire ça ?

— Et si c'étaient les envahisseurs ? supposa Nina.

— Les envahisseurs ? s'ébahit Ramon.

— Mais oui, ceux-là mêmes qui ont enlevé la princesse Launa, conclut Andrick.

Ramon se pencha et étudia les cendres.

— C'est récent, cet incendie. Tout au plus six mois. Il n'y a aucune végétation qui a recommencé à pousser. Ça du bon sens ce que tu dis. Je commence vraiment à me demander...

— Quoi ? demanda Philémon.

— Si les dragons n'ont pas flairé une piste et ont eu peur, dit-il d'une voix tremblotante.

— Vous croyez, père ? frémit Inféra. Les dragons auraient pressenti que le reste du territoire avait été mis à feu et à sang d'aussi loin que sur l'île où nous étions ?

Il se releva et ajouta :

— Je n'en sais rien. C'est une hypothèse comme une autre. Pour le savoir, il faudrait se rendre à Mysriak. Nous sommes à un jour ou deux de vol du château.

— Autant que ça ? s'étonna sa fille Inféra.

— Nous ne pouvons pas y aller en ligne droite en raison des terres arides situées au centre du pays. On ne peut s'y arrêter pour abreuver nos bêtes. Nous devons bifurquer vers le lac Cristal.

Andrick frémit en entendant mentionner l'endroit. Il se souvenait des cygnes qui se transformaient en magiciens dès qu'ils mettaient les pieds sur la terre ferme. Ils étaient intimidants, plus particulièrement un certain Léomé. Avec sa voix grave et ses yeux ténébreux, il lui avait figé le sang. Heureusement que la reine Sophia s'était interposée entre lui et ce Léomé. Curieusement, il redoutait plus cette rencontre que celle avec les envahisseurs, ceux qui avait enlevé la princesse Launa et provoqué la recherche des cinq derniers dragons.

— Êtes-vous sûrs qu'il faille aller dans cette direction ? s'inquiéta Andrick.

Ramon s'étonna de sa réaction craintive.

— Bien sûr, mon garçon, s'exclama-t-il. La reine Sophia est une reine très respectée. Elle est la personne la plus honnête que je connaisse et la plus dévouée à veiller sur un bien particulier : l'eau guérisseuse du lac Cristal. Je ne connais pas une fée ou un magicien qui aurait voulu de cette responsabilité.

— Mais auparavant, puisque nous sommes si près du Collège de la magie, pourquoi ne pas le visiter ? demanda Flavie un brin excité. Je suis curieuse d'explorer les lieux où nos ancêtres ont étudié le Grand Art avant que Wilbras I interdise la magie.

— Oui, moi aussi, je suis curieux, renchérit Ramon.

Andrick se montra réticent.

— Pourquoi nous a-t-on parlé de l'existence de ce collège uniquement lorsque Launa a été enlevée ? demanda-t-il. Pourquoi pas plus tôt ?

Le jeune porteur du pentacle détestait ce manque de transparence, que ce soit de la part des enchanteurs ou des hobereaux.

— Parce que c'était un secret bien gardé par nous, les enchanteurs, annonça-t-il.

En entendant ces mots, Andrick haussa les sourcils, fatigué d'entendre les mots « secret bien gardé ».

Ramon grimaça en percevant l'expression de mécontentement de son vis-à-vis. Toutefois, il poursuivit les explications.

— Tu oublies une chose, Andrick, dit-il sévèrement en le pointant du doigt ; la magie a été interdite par décret d'une loi sous le règne de Wilbras I. Lorsqu'elle a été bannie, il a bien fallu nous dépêcher de camoufler le bâtiment. J'étais plus jeune à l'époque. Nous n'allions tout de même pas laisser le beau collège de nos ancêtres à la merci de la destruction par les soldats. Tout ce qu'ils ont fait, ç'a été de le recouvrir de lierres et d'autres plantes grimpantes pour le soustraire de la vue de tous. Et ç'a marché. À l'époque, je dois dire que l'armée royale l'a bien cherché pour le détruire mais, grâce à cet artifice, l'armée fut incapable de le trouver. Mais, maintenant qu'il est à découvert, je me demande par la barbe des dieux ce que cela signifie.

— Le retour à l'enseignement de la magie, supposa Flavie.

— Bonne déduction, mon épouse, approuva Ramon en souriant. Allons voir de plus près ce bon collège où mes parents et moi avons usé nos tuniques sur des bancs d'école en bois bien dur et où nous nous sommes fait taper sur les doigts par des professeurs exigeants, plaisanta-t-il.

Ils traversèrent à pied une vaste esplanade déserte, bien aménagée. Des aires de repos s'intercalaient entre des espaces de jardinage et de jeux. Le plus spectaculaire était les longues allées bordées de thuyas et d'ifs sculptés en des formes simples comme des boules, des triangles et des spirales, et d'autres en des formes plus complexes comme des licornes, des nains, des sceptres et bien d'autres configurations.

— Oh, que c'est beau ! s'extasia Inféra en touchant les sculptures végétales.

— Très joli, reprit Philémon.

— Wow ! Wow ! s'exclama Nina.

La jumelle sautilla en zigzaguant entre les formes travaillées pendant que son frère atteignait la porte d'entrée. Il tenta de l'ouvrir. Il constata qu'elle était barrée. Il essaya de nouveau en poussant et en tirant sur la poignée à plusieurs reprises. La porte ne bougea que de quelques millimètres et claqua bruyamment contre les chambranles à chacun des mouvements forcés.

Flavie se dirigea vers une autre porte, celle d'une aile adjacente. Elle aussi était verrouillée. Elle cogna quelques coups et cria quelques « hé, ho, y a-t-il quelqu'un ? ». Andrick ne se découragea pas et vérifia quelques fenêtres qui étaient elles aussi bien fermées. Il regarda par la fenêtre et ne vit aucun mouvement. Il recula et examina les façades du bâtiment.

— Hum… je crois qu'il n'y a personne, conclut Andrick en n'observant aucun signe extérieur. Les lieux semblent aussi déserts qu'un cimetière.

— On dirait bien, approuva Ramon.

Déçus, ils rejoignirent leurs dragnards et se déplacèrent plus profondément en forêt, cherchant de la nourriture pour eux et pour leurs bêtes.

Quelques instants auparavant, à l'intérieur de la bibliothèque du Collège de la magie, Valdémor et Rutha prenaient un thé tout en savourant ce bonheur d'être seuls et de lire en toute tranquillité. Rutha qui avait l'oreille plus fine que son compagnon entendit des bruits à l'extérieur.

— Entends-tu ce que j'entends ? lui demanda-t-elle.

— Hum…

— J'ai cru entendre du bruit dehors, dit-elle en refermant son livre et en déposant sa tasse sur la petite table basse.

— Comme quoi ?

— Comme quelqu'un qui cogne à la porte et qui essaie de l'ouvrir.

— Vraiment !?

— Oui, affirma-t-elle avec certitude.

— Eh bien, allons voir.

Ils marchèrent dans un long corridor pour atteindre la partie au centre. Puis ils descendirent le grand escalier central. Par les fenêtres, ils n'aperçurent personne à l'extérieur et, lorsque Valdémor déverrouilla la porte et l'ouvrit, il n'y avait naturellement aucun visiteur.

— T'as rêvé, Rutha, ricana Valdémor.

— Je t'assure que non. J'ai même cru entendre des voix.

— Ce n'était qu'un coup de vent, ma chère.

— Je t'assure que non, se choqua sa compagne. J'ai entendu des coups sur la porte.

Valdémor retourna à son occupation précédente pendant que sa collègue restait dans le hall. Inquiète, elle s'assit sur le large seuil d'une fenêtre et patienta.

Au bout d'une heure d'attente, elle fut exaucée. Elle vit six dragnards s'envoler. Elle cria de joie en reconnaissant les jumeaux. Son cri se métamorphosa en surprise lorsqu'elle nota une absence importante.

— Mais… où sont les dragons ? Pourquoi n'y a-t-il pas un seul dragon ?

Profondément bouleversée, elle courut annoncer la nouvelle à son compagnon.

CHAPITRE 4

UN COUP DE VENT INATTENDU

Les membres de la troupe revinrent sur leurs pas et constatèrent l'irritabilité des dragnards. Ils étaient attachés à des arbres, et hennissaient et grattaient le sol de leurs pattes.

— Nos braves dragnards ont le ventre creux, en déduisit Nina.

Frivole approuva de la tête, et Coquette s'accroupit en affichant une figure triste, ce qui fit bien rire le groupe. Ramon se frotta le ventre et, d'une voix plus joyeuse, ricana :

— Pas seulement eux, moi aussi. Me retrouver ici à Dorado, ça me donne faim, très faim. Tout comme moi, je crois qu'ils ont hâte de déguster de la bonne nourriture d'ici, dit-il en détachant et déharnachant Filou.

— Moi aussi, dit Inféra en libérant Féerie de son attelage.

Les dragnards délivrés s'envolèrent à la recherche de gibiers, et la troupe, à la recherche de végétaux comestibles.

— Oh! Justement, il y a de belles mûres à quelques mètres, cria Inféra en pointant une aire de buissons épineux.

Un peu plus loin, Nina trouva quelques chanterelles tardives et des feuilles de la gaulthérie appelée communément thé des bois. Philémon arracha des carottes sauvages et cueillit des pois à maturité dans leur cosse. Ramon ramassa des branches sèches au sol et fit un feu.

— C'est une terre bénie, s'émerveilla Flavie. On a tout ce qu'il faut pour un thé, un ragoût de légumes et pour une belle tarte aux petits fruits. Il ne manque que du beurre pour rissoler mes légumes, de la farine et du sucre pour mon dessert.

D'une voix mélodieuse, elle commanda d'un coup de baguette les ingrédients manquants. Comme d'habitude, le mets principal et la tarte sentaient délicieusement bon.

Réunis autour d'un feu, chacun prit un bol de ragoût et une tasse de thé. Ramon reprit sa discussion concernant le lac Cristal et le caractère exceptionnel des lieux. Flavie acquiesça et poursuivit la conversation.

— C'est en effet une grande responsabilité que de protéger cette aire. Il y a même eu des originaux, des gens croyant avoir trouvé l'idée du siècle. Un groupe de bizarres a voulu en faire un parc d'attractions avec des cascades artificielles et des manèges de chevaux de bois. Il y aurait eu des courses de dragnards, des loteries et des courses de bateaux. Je me souviens : on parlait de créer des bassins d'eau salée où des sirènes chanteraient et concurrenceraient le chant des grenouilles. Bien d'autres choses étaient prévues ; elles étaient toutes aussi ridicules les unes que les autres. Pfft ! Franchement ridicules !

— Ah, oui ! Le pire, c'est que ce n'était pas le seul projet. Il y en a eu bien d'autres, tous aussi bizarres et insolites, poursuivit Ramon d'un ton rageur. La majorité des enchanteurs ont protesté violemment. Heureusement que nous avons gagné contre

ces promoteurs véreux désirant s'enrichir.
Pfft! Nous qui avons horreur de l'argent.
Bien sûr, il nous en faut un peu, mais pas
tant que ça.

— Qu'est-il arrivé par la suite? demanda
Nina.

— Par bonheur, le roi de l'époque a
compris que tous ces projets auraient conta-
miné cette eau aux propriétés merveilleuses
en créant un parc d'attractions. Quelle stupide idée! Il a alors décrété que le lac Cristal
était une aire protégée, de même qu'une
zone tampon s'étendant à deux kilomètres
tout le tour du lac. C'est bien peu, mais c'est
au moins ça. Ce fut un moment de réjouissance. Comme vous le savez peut-être, les
pouvoirs de cette eau proviennent d'une
pierre.

Nina et Andrick firent chacun un signe
négatif de la tête. Ramon ajouta:

— La pierre est composée d'actinide
que l'on retrouve à l'intérieur d'une grotte
située au sommet de la chute d'eau. L'eau
passe sous cette pierre, et la pierre lui donne
au passage des propriétés thérapeutiques.
Cette grotte est sacrée; nul ne peut y pénétrer sauf la reine Sophia et les chevaliers
d'Actinide. Comme il faut protéger le lac

Cristal lui-même, elle a enrôlé pour cette cause une vingtaine de magiciens et de fées qui ont pris chacun l'apparence d'un cygne. Cette pierre est sacrée au sein de notre pays, et la reine Sophia fait tout en son pouvoir pour conserver cette pureté et le pouvoir de l'eau.

En entendant parler de cette mission singulière et accaparante, Andrick éprouva une grande sympathie pour cette reine.

— Je comprends maintenant pourquoi ces cygnes étaient si effrayants, dit-il en essuyant son écuelle avec un morceau de pain. Il y en a un qui m'a donné froid dans le dos. Je me souviens encore de son nom. Léomé.

— Léomé, dis-tu, mentionna Ramon en soufflant sur sa tasse de thé.

— Oui, Léomé.

— Eh bien, ce cher Léomé est le fils de Kaal. Tu vois, c'est là qu'il faut aller. On en saura plus sur la pierre noire que l'ombre blanche t'a enjoint d'aller quérir. J'espère que Kaal est dans les environs. Il est le seul qui puisse nous éclairer sur la raison réelle du départ si soudain de nos dragons.

Nina s'étira pour reprendre du ragoût. Un solide coup de vent d'une rare intensité tourbillonna sur lui-même, surprenant tout le groupe. Durant deux longues minutes, il fit soulever la terre sèche, renverser les plats, courber les roseaux et craquer la ramure des grands arbres. Même si tous placèrent leur avant-bras en avant de leur visage, du sable les fouetta et s'infiltra dans leur nez et leurs yeux. Puis, le vent tomba soudainement. Un silence mortel s'installa. Aucun oiseau ne chantait et aucune feuille ne bougeait.

Toussotant et les yeux larmoyants, les chevaliers se dressèrent et mirent la main sur le pommeau de leur épée. Ils la sortirent à un tiers de leur fourreau, prêts à attaquer. Pivotant sur eux-mêmes, ils scrutèrent les lieux au sol et au ciel. Il n'y avait ni ogre, ni démon, ni créature monstrueuse ailée, et encore moins de vaisseaux intergalactiques dans les environs. Le ciel était d'un bleu transparent, et aucune bête ni aucun objet ne volaient. Ils se détendirent un peu lorsqu'une petite brise vint à souffler doucement.

— Curieux, ce coup de vent! chuchota Philémon. On aurait dit le souffle puissant d'un troll ou d'un monstre gigantesque.

— Oui, en effet, constata Andrick, tremblotant et encore sur ses gardes. S'il était si grand, nous l'aurions vu.

Puis, les oiseaux reprirent leur chant. Même s'ils étaient encore inquiets, ils replacèrent leur épée dans leur étui et essuyèrent leurs yeux avec un mouchoir. Les dragnards hennirent et se dressèrent sur leurs pattes arrière avant de s'accroupir à nouveau.

— Je crois que ce n'était qu'un coup de vent soudain; c'est aussi simple que ça, dit Nina d'un ton peu probant.

— Hum… j'espère. Par contre, les dragnards ont été grandement perturbés. Soyons prudents, les avisa Ramon. Qui sait?

Flavie souleva la marmite renversée.

— Oh zut! s'attrista Flavie. Mon ragoût est répandu sur le sol, et ma belle tarte est immangeable.

— Cette minitornade m'a coupé l'appétit, indiqua Philémon, qui jetait un coup d'œil derrière son épaule en cherchant encore une créature monstrueuse.

— À moi aussi, renchérit Inféra, tremblotante.

— Une chance que nous avions presque fini de manger. Je sens de mauvaises ondes dans les parages, frémit Ramon en lorgnant derrière lui. J'en ai froid dans le dos, brrr!

— Si c'est un esprit mauvais qui est dans les environs, volons à basse altitude, même si ça risque de nous ralentir, suggéra Andrick.

Quoique, si c'était vraiment ce qu'il pensait, ça n'aurait aucune importance de voler à n'importe quelle hauteur.

— Bonne idée, répondit Philémon. Ça nous permettra d'être visibles sur une distance moins grande.

— Teuh! Teuh! Vous n'êtes que des pleutres! ricana Nina en enfourchant Orphée. Un simple petit coup de vent vous a vraiment apeurés. Imaginez si ça avait été un vrai monstre! Hi, hi, hi!

— Ah oui, Nina la brave! se choqua Inféra. Tu n'as pas de leçons à nous donner! Tu as ressenti autant de frayeur que nous tous.

— Bien non, pas du tout, vieille coque… s'énerva Nina.

— Ah non, vous n'allez tout de même pas encore vous chicaner, interrompit Ramon, rouge de colère. On monte sur notre dragnard en silence.

Nina lui tira la langue, et Inféra plissa ses yeux, mais elles firent comme les autres : elles obéirent et grimpèrent sur leur monture. La troupe entreprit le voyage en direction du lac Cristal dans le plus grand mutisme, chacun étant sur ses gardes et scrutant les environs.

Après avoir survolé à nouveau l'ancien lieu de résidence d'Inféra, au bourg Dragroux, ils se dirigèrent vers le Vouvret, longèrent la haute chaîne de montagnes et s'éloignèrent vers le nord. Ils arrivèrent très tard, presque sur le coup de minuit. S'attendant à atterrir discrètement et sans bruit, ils furent étonnés de trouver la reine Sophia encore debout à cette heure tardive à l'extérieur du château.

Ils eurent l'impression qu'ils étaient attendus. Pour une arrivée furtive et incognito, c'était raté. Il y avait un gros feu de bois, une table ronde chargée de nourriture, de pichets de vin et de jus, des chaises et une centaine de chandelles allumées comme lors d'événements festifs. Décidément, la reine Sophia avait mis le paquet. Les lieux offraient à l'œil un aspect enchanteur, invitant et très rassurant. Andrick s'en réjouit et poussa un soupir de soulagement.

— Au moins, soupira-t-il, le territoire est intact : aucun incendie ou massacre. C'est toujours ça.

— C'est en effet une bonne nouvelle, ajouta Flavie.

Sauf que…

CHAPÎTRE 5

VП REVEПAПŦ

Malphas n'était encore que l'ombre de lui-même ou plutôt qu'une brise légère peinant à faire onduler un brin d'herbe. Morina avait presque failli le tuer lors de sa bataille avec lui quand il s'était métamorphosé en corbeau, et elle, en pinson géant. Encore sous l'effet de la rage, il en voulait à la souveraine.

Lorsqu'il reconnut Andrick près du Collège de la magie quelques heures auparavant en après-midi, une colère sans borne l'envahit. À lui aussi, il en voulait. Il avait réussi à libérer Samara de sa prison de verre et il avait surtout parfaitement compris comment briser l'envoûtement d'Azaan qui le réduisait à n'être qu'une araignée.

Durant de nombreuses décennies, Malphas s'était délecté de faire subir au conjoint de Samara un manège infernal. Azaan avait relevé chaque fois le défi avec brio.

Ce spectacle permanent l'avait enthousiasmé et ne l'avait jamais désappointé. À l'improviste et sans avertissements, il saccageait la toile en mettant en péril Samara. Quelle joie de voir la précipitation de cette grosse araignée velue à réparer les dégâts ! Tout ce travail pour que le fragile cercueil ne chute pas dans la rivière et que la locataire des lieux ne se noie pas.

Hélas ! ce jeu n'était plus qu'un vieux souvenir depuis quelques semaines.

Peu de temps après que Samara et Azaan furent réunis, il avait eu un réel emballement. Une jeune Elfe, aussi belle et aussi gracieuse que Samara, s'était exposée à sa vue. Elle se tenait avec la troupe dirigée par un chef inattendu, Andrick. Il n'en pouvait plus de le voir partout, toujours, ce vilain trouble-fête.

Malgré la présence de ce rabat-joie, il avait tenté de la ravir, mais pas une seule fois elle ne fut seule. Coûte que coûte, il avait décidé qu'il l'aurait. Il l'avait donc suivie. À peine avait-il atteint le pays des Cinq Peuples que le soleil s'assombrit et qu'une guerre éclata sur terre et dans les cieux. Elle mit fin temporairement à sa quête.

Car, tout le monde sait que, lorsque les dieux se disputent l'ultime convoitise, c'est-à-dire le trône royal, il vaut mieux se tenir loin de la zone de guerre. Une flèche perdue d'un des combattants peut involontairement vous transpercer et vous tuer. Alors, craintivement, il avait attendu la fin des combats en se recoquillant dans un coin sombre, loin de l'action.

Lorsque l'astre du jour était redevenu radieux, il avait constaté avec amertume qu'il avait perdu toute trace des chevaliers du Pentacle et, par le fait même, de la belle Adora. D'abord, il s'était fâché, s'était traité de tous les noms, avait arraché des dizaines d'arbres, avait lancé de grosses pierres dans un étang, s'était déchaîné violemment en créant de grosses tornades au point de se vider de toute son énergie. Puis, épuisé, il en était venu à l'accepter. Au bord de la folie, il avait arpenté les lieux en sanglotant sa peine.

— Adora, Adora, où es-tu ? s'était-il lamenté jour et nuit. Je suis ton prince.

Il avait erré longtemps au pays des Cinq Peuples à sa recherche. La retrouver était aussi invraisemblable que de chercher un pou dans un fenil rempli de foin. Puis, il avait fini par admettre que c'était inutile de la rechercher et qu'il perdait trop de forces.

Il avait décidé alors de se concentrer sur un ancien ennemi juré, Kaal. Ce dernier possédait le pouvoir de se transformer. La dernière fois, il l'avait vu en cerf royal. Aussitôt, il avait imaginé qu'il pouvait bien se transformer en de nombreux spécimens d'animaux. Malgré des recherches intensives et l'analyse de comportements de certains animaux, il avait constaté qu'il avait perdu sa trace à lui aussi.

« Dam, il doit bien être quelque part ? Après tout, c'est ma faute. Pendant que je cherchais la belle et douce Adora, cette canaille s'est volatilisée. Mais où ? Ce sale chenapan ne perd rien pour attendre. Je vais lui montrer de quel bois je me chauffe. Je vais le retrouver, s'était-il dit. Je jure que j'aurai sa peau une fois pour toutes. »

Tous ces déplacements à la Terre des Elfes et au pays des Cinq Peuples l'avaient grandement épuisé. À bout de souffle, presque résigné à mourir, il s'était laissé aspirer par les courants d'air ascendants de la montagne. Comme une feuille séchée, il avait survolé le Vouvret, cette chaîne de montagnes dite infranchissable. Pourtant, elle avait été franchie à deux reprises par des enchanteurs. Le qualificatif d'infranchissable ne lui convenait plus.

Encore faible et sans énergie, il avait atteint les hauts sommets enneigés et froids, et avait traversé cette cordillère à son tour. Puis, un courant d'air chaud l'avait fait échouer près du lac Noir, où il avait rencontré la princesse Launa. Elle avait été durant un moment son centre d'intérêt et lui avait redonné espoir et énergie.

Presque mourant après le combat entre lui et la souveraine, il s'était laissé happer par un vent léger et s'était niché dans un grand chêne situé à l'extrême sud de Dragroux, en bordure du rivage de l'océan Brak.

À demi conscient, en pleine nuit, il avait vu la veille des dragnards et des dragons voler en direction d'une île plus au sud, non loin du lieu où il était. Tout à coup, ses battements de cœur s'étaient accélérés, et sa respiration était devenue saccadée. Il avait eu le sentiment que tout n'était pas fini, que son heure n'était pas encore arrivée. Il avait encore de l'espoir. Complètement éveillé, il était resté là à attendre dans l'obscurité.

Puis au matin, sous de pâles rayons d'un soleil naissant, les cinq dragons s'étaient enfuis vers l'ouest, en direction nord, laissant les chevaliers interdits et paralysés. Ce revirement de situation avait fait grandir sa confiance d'un cran, qui s'était accrue davantage quand ceux-ci, quelques instants plus tard, avaient enfourché leur monture et s'étaient orientés dans sa direction. Une grande vitalité l'avait alors animé et l'avait fait bondir.

— Allez, allez, venez vers moi, avait-il crié d'un ton joyeux en sautillant à la cime de l'arbre.

Son cœur avait battu la chamade. Il allait enfin revoir la charmante Adora.

Les cavaliers avaient passé juste au-dessus de sa tête, assez lentement pour constater qu'elle ne faisait pas partie de la troupe. Déçu, il avait perdu un peu d'énergie, mais pas assez pour l'empêcher de les suivre et de fantasmer sur la mort d'Andrick et de Kaal, son ennemi juré.

Il était là lorsque les membres de la troupe discutaient entre eux autour d'une grosse marmite fumante. Le plus vieux, à la chevelure pratiquement orange, babillait en dégustant son ragoût. Malphas l'écoutait distraitement lorsqu'un nom connu l'alerta.

— Eh bien, ce cher Léomé est le fils de Kaal. Tu vois, c'est là qu'il faut aller. On en saura plus sur la pierre noire que l'ombre blanche t'a enjoint d'aller quérir. J'espère que Kaal est dans les environs. Il est le seul qui puisse nous éclairer sur la raison réelle du départ si soudain de nos dragons.

« Quoi, quoi, quoi ? Ai-je bien entendu ? Kaal serait peut-être dans les environs. J'arrive à peine à contenir ma joie ! Alléluia ! C'est ce que je voulais entendre. Ce pourri de Kaal, je vais finir par l'avoir. Je sens que sa fin est proche », s'énerva Malphas en sentant en lui un regain d'exaltation. Sans le faire exprès, il pivota brusquement de quelques tours sur lui-même, ce qui créa une minitornade par inadvertance. Ce phénomène fit taire les oiseaux et déstabilisa les chevaliers. Il le regretta aussitôt.

« Oh, je dois y aller doucement si je ne veux pas être reconnu ! Enfin, hi, hi, hi, de bonnes nouvelles. Je suis sur la bonne voie. Cette fois-ci, je sens que j'ai le vent dans les voiles. Ha, ha, ha, le vent dans les voiles ! Je ne saurais mieux dire. J'ai des ailes qui me poussent, aussi grandes que les voiles d'un grand navire. Kaal, je t'aurai, sale vermine, pensa-t-il. Je ne peux le croire. Ils vont me conduire à Kaal. J'en suis tout bouleversé. Je vais pouvoir mettre la main sur cette toute-puissante pierre noire. Oh, à moi une vengeance digne d'un prince, que dire, d'un roi ! Ha, ha, ha ! J'ai toutes sortes d'idées pour réduire à néant tous ceux qui m'ont humilié, en commençant par cet Andrick que je sens apeuré. Hi, hi, hi. Je vais lui en faire voir de toutes les couleurs. »

Empli de bonheur, il s'allongea sur Orphée, une jolie dragnarde blanche tachée de brun et se reposa en attendant que la troupe nettoie les lieux et reparte en direction du lac Cristal. Il se réveilla lorsqu'ils survolaient une grande étendue d'eau où nageaient de nombreux cygnes. L'eau était d'un bleu turquoise, étrangement brillant en cette heure de la nuit.

« Pourquoi diable la reine Sophia les attendait-elle ? se questionna Malphas, tout comme la troupe. Elle doit avoir d'importantes nouvelles à leur apprendre. Ce qu'elle ne sait pas, c'est que ses nouvelles risquent de m'intéresser, hi, hi, hi ! »

CHAPITRE 6

LA REINE SOPHIA

— Vous devez avoir faim, dit-elle en s'avançant vers le groupe.

— Majesté, comment saviez-vous que nous arrivions ce soir ? la questionna Ramon en descendant de sa monture.

Sophia se dirigea vers son ancienne amie Flavie et enlaça cette dernière en répondant à son conjoint.

— Vous vous êtes rendus au Collège de la magie et…

La reine n'eut pas le temps de finir sa phrase que l'invitée s'écria avec étonnement :

— Justement le Collège de la magie. Il est fermé, non ? Comment se fait-il qu'il soit à découvert, ma chère reine Sophia ?

— Parce qu'il est à nouveau ouvert. La magie est maintenant permise, dit-elle en lui faisant la bise. Le Collège...

— La magie est permise ! s'exclama Ramon, estomaqué. Que s'est-il passé pour qu'il y ait ce revirement de situation ?

— Bien des choses se sont passées lors de votre absence. Je vais tout vous raconter. Mais avant tout, soyez les bienvenus, dit-elle en s'adressant aux autres invités.

Inféra, Andrick, Nina et Philémon firent une demi-révérence et la saluèrent. D'un geste large, la souveraine pointa les sièges :

— Assoyez-vous et trinquons à votre retour ! J'ai de quoi passer une très agréable soirée.

Elle prit une carafe d'un vin rosé placée au centre de la table. Puis, d'un claquement de doigts, toutes les élégantes coupes en cristal se remplirent. Elle les invita à savourer la boisson légèrement alcoolisée.

— Commençons par déguster ce divin breuvage, fit-elle en trempant ses lèvres pour prendre une gorgée. Hum... ce vin est très léger et rafraîchissant, parfait pour nous tous.

Elle déposa sa coupe sur la table.

— Comme je vous le disais, poursuivit-elle, Rutha réside au Collège de la magie et elle y enseigne. Elle a entendu du bruit sur l'heure du midi, mais elle n'a vu personne, sauf un peu plus tard. Elle vous a vus prendre votre envol et vous diriger vers le nord ou peut-être vers l'ouest. Elle n'était pas sûre de votre direction. Quoi qu'il en soit, elle m'a aussitôt informée en envoyant un pigeon voyageur. Comme vous l'avez sûrement constaté, le domaine des Charmes a été totalement détruit par le feu, et Éxir n'y demeure plus.

— Mais, ma reine, nous aurions pu nous rendre directement à Mysriak, l'interrompit Flavie.

— Non, rigola gentiment la reine Sophia. Je sais qu'il est hasardeux de traverser le territoire des terres incultes. J'ai conclu que vous feriez un arrêt ici, cette nuit au lac Cristal.

— Très bonne déduction ma reine, exprima son interlocutrice d'un air amusé. Vous êtes la personne la plus logique que je connaisse.

— Oui, comme nous en avait prévenus Rutha, je vois que les dragons ne sont pas avec vous, interrogea-t-elle en les dévisageant un à un.

— Hélas, non, Votre Majesté! se permit de répondre Philémon. Nous sommes tous atterrés.

— Qu'est-il arrivé? s'alarma la reine en le fixant intensément.

— Au dernier moment, ils ont choisi de nous quitter, soupira Philémon. Sans qu'aucun signe ne soit décelé, ni indice, ils sont partis sans nous dire où ils allaient et sans nous dire un dernier au revoir.

— Il doit bien y avoir une raison, conclut la reine.

— Nous l'ignorons, ma reine, soupira Ramon.

Il osa alors émettre l'hypothèse plausible d'un retour probable d'envahisseurs sur le territoire pressenti par les dragons.

— Oh! Je suis une hôtesse impardonnable. Vous devez être fatigués et affamés. Prenez une bouchée. Je suis là à vous questionner au lieu de vous laisser vous repaître. Allez, mettez-vous à votre aise et mangez!

— Ce n'est pas de refus, s'enthousiasma Flavie. Surtout que je vois du bon pain chaud, des fromages coulants et des pâtisseries fines. Un vrai régal pour les yeux.

Tous s'installèrent autour de la grande table et commencèrent à se servir. Des hum de satisfaction se firent entendre.

Sophia observa plus particulièrement Andrick. Lorsque leurs yeux se croisèrent, elle le salua d'un hochement de la tête. Il fit de même. Puis, il se pencha pour piquer sa fourchette dans un morceau de fromage lorsque le pentacle glissa hors de sa tunique. En voyant le bijou, elle s'écria avec vivacité :

— Le pentacle, le fameux pentacle tant décrié ! J'avais complètement oublié cet objet. Puis-je le voir de plus près ?

Elle n'était pas la seule à s'enflammer à la vue du magnifique bijou. Malphas sursauta en entendant le mot pentacle. Il s'en approcha. Pour la première fois, il le voyait. Malgré sa volonté de rester calme, il s'excita et tourbillonna dans les airs en créant de grands vortex de vent semblables à ceux d'il y a quelques heures. Les flammes des chandelles s'abaissèrent. Elles vacillèrent un court instant, puis elles s'éteignirent. Quelques coupes à vin se renversèrent.

Les chevaliers se levèrent d'un bond et empoignèrent leur épée. Six lames émirent un crissement en sortant de leur fourreau. Effarouchés, les cygnes se redressèrent et firent du surplace en battant des ailes avec vigueur. Par ces mouvements, ils créèrent un rideau d'eau s'élevant d'une hauteur de deux mètres.

Contrairement au début de l'après-midi où les oiseaux s'étaient tus, il y eut tout un vacarme causé par l'eau éclaboussée par les palmipèdes qui se tenaient en une seule ligne aux abords du lac. Répondant à leur agitation, les dragnards hennirent et déployèrent leurs ailes.

— QU'EST-CE QUI SE PASSE ? cria la reine, paniquée.

Elle se leva et tendit sa baguette, prête à jeter un envoûtement.

— UNE TORNADE, hurla à son tour Inféra, COMME IL Y A QUELQUES HEURES.

Puis tout redevint calme et noir sous le ciel couvert.

— DIANTRE, ON NE VOIT RIEN, s'énerva Ramon.

La reine ralluma les bougies en claquant des doigts et fit apparaître des bulles de lumière qui illuminèrent les environs. Après avoir marché et scruté autour d'eux, ils rengainèrent leur arme et se rassirent.

— Par les dieux, pourquoi cette nervosité ? Après tout, ce n'était qu'un coup de vent, s'exclama Sophia. Il n'y a pas de quoi être si inquiets.

Entre-temps, les cygnes s'étaient calmés et se regroupèrent en bordure du lac.

— Non, ma reine, j'ai bien peur que non, dit Andrick, qui avait remis le pentacle sous sa tunique à l'abri des regards. Mon pentacle est tout chaud, ce qui m'indique qu'il y a ici une présence maléfique. Il semble que cet esprit ne soit qu'un courant d'air comme l'esprit que j'ai déjà rencontré à la Terre des Elfes. Je crains même qu'il s'agisse du même esprit.

— Oh ! s'étonna Sophia. Dans ce cas, il serait préférable de remettre toutes nos discussions à demain matin, sous bonne garde de mes cygnes. Mes gardes se sont rendormis sur le rivage et je n'ose pas les réveiller. Allez, mes bons amis, venez vous reposer à mon château. Vous devez être exténués par la route et par ce phénomène étrange. N'ayez crainte ! Cet être maléfique ne peut pénétrer dans mon château, c'est une véritable forteresse contre les mauvais esprits. Les pierres sont enduites d'eau camphrée. C'est mon père qui m'a appris ce secret, et depuis, je n'ai jamais à faire face à des esprits maléfiques.

— Voilà qui est bien, se réjouit Ramon.

CHAPITRE 7

UNE SUCCESSION DE MESSAGES INQUIÉTANTS

— Nous voilà juste nous trois, soupira amèrement Morina en se versant son premier café du matin. L'année dernière à la même date, nous étions six à cette table. Nous nous préparions à fêter ma fille Launa, et il y avait toute une effervescence à l'intérieur et à l'extérieur du château. Tout l'été, il avait fait chaud et beau, et les récoltes avaient atteint un optimum inégalé. Quel contraste avec l'été de cette année! Dans deux jours, ce sera l'anniversaire de ma jeune fille, ma belle Launa. Ironiquement, elle croupit dans l'une des cellules du donjon. Ce n'est pas un lieu approprié pour fêter son anniversaire.

— Oui, c'est désespérant, s'attrista Éxir en trempant une brioche dans son breuvage chaud. Tu oublies qu'il y a une raison pour que ce soit ainsi.

La reine poussa à nouveau un long soupir et murmura :

— Je sais, mais tout de même.

— Moi qui pensais pouvoir participer à ma première course de dragnards, se plaignit Éloy sur un ton larmoyant en se retirant de la table et en allant s'accouder à une fenêtre de la salle à manger. Ce n'est pas juste.

— Je sais, mon cher enfant, s'attrista-t-elle. Crois-moi, j'aurais souhaité un meilleur dénouement à toute cette histoire. Tout est contre elle et contre ton grand frère. Launa et Will sont maintenant dans l'attente de la mort. Les lois sont précises à cet égard. Tout attentat contre un souverain est passible de mort. Je m'attends à ce que le peuple veuille leur tête.

Éxir, assis près de sa bien-aimée, allongea le bras et posa sa main sur la sienne.

— Ma chérie, ne sois pas défaitiste ; leur sort n'est pas encore fixé, dit-il.

Tout comme sa mère, Éloy lâcha un gros soupir de désespoir. Penché, il fixa le paysage désolant et vide. Aucun campement, aucun marchand, aucun villageois chantant et dansant, rien.

— Il n'y a personne autour de la douve, mère, pas même les Anciens avec leurs tentes et leurs étals biscornus, déclara-t-il. Ils y étaient la semaine dernière. Le soleil noir les a fait fuir. Il n'y aura donc pas de fête des Bienfaits de la Terre, ni de spectacle des dragnards miniatures.

La souveraine se leva et vint rejoindre son fils à la fenêtre.

— Non, mon enfant. C'est non seulement parce que nous ne fêterons pas Launa, mais aussi parce que le pays est mal en point. Le bilan des récoltes est désastreux. Bien des soldats sont morts en raison des âneries de mon fils. En conséquence, plusieurs terres n'ont pas été cultivées ce printemps. Pas de labours, pas de semailles, pas de récoltes. L'hiver risque d'être un véritable problème pour notre peuple.

Les portes de la salle à manger s'ouvrirent avec fracas. Haletante, la servante Brigitte entra.

— Sa Majesté, nous avons reçu un message de Rutha, s'écria-t-elle en respirant fort et en restant près de l'entrée.

— Rutha ! s'étonna la reine.

La souveraine lui fit signe d'avancer. La servante se présenta à elle, s'inclina et lui tendit une bague de pigeon dans laquelle était inséré un court message. Puis elle se redressa, la salua et repartit comme le veut la coutume. Dès que les portes de la pièce se refermèrent, Morina lut à voix haute l'inscription sur la bague :

— Il est inscrit un seul mot : dragons. Est-ce possible ? s'énerva la reine. Enfin, ils sont arrivés !

Les yeux d'Éloy scintillèrent de bonheur, et Éxir se redressa.

— Enfin de bonnes nouvelles, se réjouit-il. Tout n'est pas perdu. Nous allons fêter ce retour triomphant de nos chevaliers et des dragons. Nous les recevrons dignement.

— Oh que oui ! sourit Morina.

— Y aura-t-il une course de dragnards ?

— Pourquoi pas ? s'emballa la reine.

Nerveuse, elle retira le bout de papier logé à l'intérieur de la bague. Elle déplia en tremblotant le petit morceau de papier, puis elle claqua des doigts. Le court message s'agrandit et devint une feuille de grand format.

— « Chère Morina, lut la reine à haute voix. Hier, nous avons bien observé le retour d'Andrick, de Nina, d'Inféra et de trois autres personnes sur des dragnards se dirigeant vers le lac Cristal. »

Elle interrompit sa lecture pour s'écrier joyeusement :

— Ils sont de retour ! Ils ont réussi !

Éloy s'agita en claquant des mains, et Éxir échappa un soupir d'allégresse.

— Génial ! s'emballa Éxir. Va, continue la lecture, ma bien-aimée.

Elle retrouva l'endroit où elle avait arrêté sa lecture mais, avant d'ajouter quoi que ce soit, son visage pâlit, et ses lèvres se mirent à trembloter.

— Mais quoi ? Continue ta lecture ! exigea son conjoint.

Elle parvint à balbutier d'une voix triste :

— « Malgré ma joie de ce retour de nos chevaliers, une grande surprise m'a immédiatement cloué le bec. J'ai constaté qu'il n'y avait aucun dragon avec eux, même pas notre bon dragon rouge. Inféra serait-elle encore porteuse ? Nos braves chevaliers auraient-ils échoué dans leur mission ? Toutes ces questions bouillonnent dans ma tête et aussi dans celle de Valdémor. »

Éloy et Éxir firent un oh de stupéfaction. Après une courte interruption, Morina poursuivit :

— « Étant donné ce fait, très tôt ce matin, moi et Valdémor avons consulté la pierre savante. Elle nous a malheureusement confirmé ce que j'avais vu : l'absence de dragons, ce qui fit émir à la reine un long gémissement de déception. Il semble qu'aucun dragon ne les ait suivis, ou pire, qu'aucun dragon n'ait été trouvé. Qu'est-il arrivé à notre dragon rouge, aux autres porteurs et à nos dragons cachés à l'autre bout du monde ? Je ne peux que me chagriner de ce fait. Tant d'efforts anéantis par qui, par quoi ?

» Présentement, ils sont tous réunis au lac Cristal et ils résident au château de notre bonne amie, la reine Sophia. J'imagine qu'ils se dirigeront très bientôt à Mysriak. Ma très chère Morina, nous sommes atterrés qu'ils soient de retour sans aucun dragon, pas même avec notre bon dragon rouge. Personne n'a donc réussi à reconstituer le pentacle. Quelle tristesse ! Et surtout, quelle catastrophe est-il arrivé là-bas ?

» Espérons que nous en saurons davantage très bientôt ! »

Morina abaissa sa lettre et ajouta :

— C'est signé : Rutha, une amie morte d'inquiétudes.

— Quoi ? Comment est-ce possible qu'ils reviennent sans dragon ? s'estomaqua à son tour son conjoint.

— Je n'en sais rien.

— Mère, se lamenta Éloy, c'est la pire nouvelle que j'aie jamais entendue. Pas de dragons. Pas de course de dragnards. Pas de fête. Ma sœur et mon grand frère qui croupissent en prison. C'est affreux ! La situation ne peut pas être plus mauvaise que ça !

— Vu comme ça, mon cher fils, tu as raison. Mais l'arrivée de Nina, d'Andrick et d'Inféra est une bonne nouvelle. Ils sont revenus sains et saufs. Il y a sûrement une très bonne explication pour que les dragons ne soient pas avec eux. Enfin, je l'espère !

— Il n'y a qu'une réponse à ça, mère.

— Quoi donc, mon fils ?

— C'est qu'ils sont morts, dit-il en pleurant. Cette nouvelle est un réel désastre.

Sanglotant à s'en fendre l'âme, il sortit en claquant les portes et s'enfuit se réfugier dans sa chambre. La reine et Éxir en furent secoués. Et si c'était vrai que les dragons étaient morts ? Pas de fête pour Launa, pas de course de dragnards, et voilà que les chevaliers du Pentacle arrivent à Dorado les mains vides, sans les dragons protecteurs.

Elle s'apprêtait à regagner ses appartements lorsque Brigitte refit une nouvelle apparition à la salle à manger. Elle lui apporta une mystérieuse missive, une lettre scellée.

— Un autre message !? s'étonna la reine.

Comme lors de la première fois, la servante la lui donna et quitta la salle à manger. Nerveusement, la reine l'ouvrit et porta sa main à son cœur.

— C'est le chevalier Monvieux ; il veut me rencontrer en privé à la salle d'audience en début d'après-midi. Curieux ! dit-elle en s'adressant à Éxir. J'y sens une urgence.

— A-t-il indiqué la raison ?

— Non, c'est bien pour cette raison que je suis troublée. Il ne veut d'aucune présence à part moi, que ce soit de mes gardes ou de toi.

— En effet, ce sera une audience très privée. Il a sûrement un message très important à te confier. J'espère que ce n'est pas une autre mauvaise nouvelle.

La reine rit jaune.

— Mon cher Éxir, je viens d'atteindre le fond du baril. Il est impossible qu'une nouvelle soit plus mauvaise que celle transmise par Rutha. Plus rien ne peut me toucher.

— Je te plains, ma douce, fit-il en embrassant sa main et en l'enlaçant. Depuis ton accès au trône, il ne pleut, et de tous les côtés, que des nouvelles affligeantes; espérons que ce n'en sera pas une autre de plus.

CHAPITRE 8

LE PENTACLE

Au petit matin, la reine Sophia nota qu'ils étaient tous à l'extérieur en train de nourrir et de brosser leurs dragnards.

— Bonjour à vous tous! Quel temps magnifique, dit-elle.

— Bonjour, reine Sophia, répondit Flavie.

— Désirez-vous manger à l'extérieur ou au château? leur demanda-t-elle.

— Pour ma part, ce serait à l'extérieur, répondit Ramon. Profitons de ce beau temps! D'ici quelques jours, l'automne sera à notre porte.

— Moi de même, annonça Philémon.

— Comme vous voulez, acquiesça la reine.

En deux temps, trois mouvements, la table fut dressée. Le repas se voulait en toute sérénité sous la bonne garde des cygnes. C'est alors que la reine demanda à Andrick :

— Est-ce que je pourrais voir le pentacle ?

Surpris, Andrick porta la main à sa poitrine. Le pentacle était à une température normale comme s'il ne décelait aucun être maléfique dans les parages. Il poursuivit l'observation des lieux. Les cygnes nageaient calmement et rien n'indiquait une présence suspecte. Tout lui sembla normal. Alors, Andrick consentit à enlever son pentacle et le présenter à la reine avant de s'asseoir près d'elle. De ses doigts effilés, elle caressa l'objet dans tous les sens comme si elle l'avait déjà tenu.

— Je reconnais ce pentacle. Il était à l'époque orné au centre d'une pierre noire et d'une pierre de lune. De ce que je vois, il manque la noire, celle qui provenait de l'anneau d'un roi très célèbre. Cette pierre autrefois ciselée sous la forme d'une étoile à six pointes était celle du roi Salomon. Ah combien de fois mon père m'a-t-il conté cette histoire! Des milliers de fois. C'est bien le pentacle tant décrié par mon père, dit-elle en lui redonnant l'objet.

— Le pentacle de votre père! s'étonna Ramon. Léomé et vous, vous êtes frère et sœur?

— Oui, en effet.

— Donc, votre père est Kaal, s'étonna davantage Ramon.

En les voyant s'assembler encore une fois autour de la table au lever du soleil pour déjeuner et pour prendre un jus d'orange frais dans de grandes flûtes élégantes, Malphas s'était allongé et était venu leur tenir compagnie. Il admira le pentacle que tenait la reine et sentit une grande énergie le parcourir. Sa joie était immense. «Retiens-toi, se dit-il. Ne fais pas un geste que tu regretterais!» Il freina tant bien que mal ses pulsions et parvint à ne pas faire de tornades, ni même de petite brise. Enfin, il allait savoir où se cachaient cette vermine de Kaal et la pierre noire.

— Eh oui! Mon père serait heureux de revoir sa création, non pas pour la reprendre, mais seulement pour se la remémorer.

— Votre Majesté, si je peux me le permettre, votre père est-il encore vivant? demanda Ramon avec douceur, soucieux de ne pas lui raviver un souvenir pénible.

— Il est bien vivant, mais hélas! très affaibli. Il revient d'un voyage qui m'a paru interminable. Il est demeuré une éternité loin de nous. Il est revenu heureux, mais son bonheur s'est vite assombri par une réalité. Il croyait bien avoir neutralisé un esprit malveillant. Cette certitude a été brusquement ébranlée. Il l'a croisé dès son arrivée ici, après avoir atteint le versant est du Vouvret. L'esprit l'a suivi. Il rôde maintenant sur notre territoire à la recherche d'une âme pour lui permettre d'acquérir plus de puissance et probablement cette pierre. Père n'est pas sûr qu'il soit réellement au courant de ses propriétés.

«Quoi? Ce verrat sait que je suis ici», se dit Malphas. Cette nouvelle le désarçonna. Une grande part de son énergie fondit. Tout à coup, il se sentit aussi âgé et ratatiné qu'une vieille pomme de terre pleine de germes. «Comment est-ce possible qu'il me détecte même quand je suis à mon plus bas niveau? C'est tout un sorcier, de la pire espèce, je dois dire.»

Avec horreur, il constata qu'il devrait rester aussi faible que possible pour ne pas être repéré par son ennemi. Son doute se concrétisa lorsqu'Andrick se risqua à lui demander :

— Votre Majesté, est-ce que cet esprit malveillant s'appellerait par hasard Malphas ?

Elle fit un léger sursaut en attendant le jeune adolescent prononcer ce prénom qui lui écorchait les oreilles. Le visage de la reine devint dramatiquement pâle et presque livide. Elle se rappela la visite de Morina quelques jours plus tôt. Elle était accompagnée de son mari Éxir. La souveraine de Mysriak lui avait raconté qu'un étrange corbeau l'avait attaquée. Aussitôt, Sophia lui signifia qu'il était un ennemi de son père et qu'il s'appelait Malphas, un prince qui avait utilisé la magie noire à des fins personnelles.

Revenant au propos du jeune chevalier, Sophia le fixa.

— Oui, mais... comment sais-tu qu'il s'appelle Malphas ? l'interrogea-t-elle.

— C'est à la suite de la rencontre d'un cerf royal qui m'a demandé de le suivre dans une forêt damnée à la Terre des Elfes. Une fois à l'intérieur de ce boisé, il ne fut pour moi qu'une voix me conduisant vers un esprit malfaisant. Par la suite, j'ai su son nom. Ma reine, y aurait-il une relation entre votre père et ce cerf royal?

— Oui, c'est juste! s'étonna la reine. Mon père a une adoration sans borne pour les cerfs, ces animaux si élégants. Dis-moi, il t'a demandé de le suivre?

— Oui, Majesté, répondit Andrick.

La reine esquissa un large sourire.

— Ça alors! C'est que tu es important! Je veux dire, vraiment important! Il t'a fait confiance. C'est une très haute marque d'estime qu'il t'a accordée.

Andrick, encore peu habitué à ces qualificatifs, rougit et inclina la tête.

— Quoi qu'il en soit, je suis heureuse que vous soyez de retour, même… hélas! sans les dragons. Vous arrivez à temps. Cet odieux esprit malfaisant est dans les parages. S'il connaissait l'existence de cette pierre et de son pouvoir surnaturel, il la rechercherait. J'ai bien peur que ce soit une course entre toi et lui. Malphas est très astucieux. Mon père m'a dit que ce type d'esprit peut survivre très longtemps et sans aliment. Les âmes imbues d'orgueil sont sa nourriture de prédilection. Il lui suffit d'en trouver une et il acquiert du pouvoir au détriment de la victime choisie, car celle-ci finira par s'affaiblir et mourir; du moins, c'est ce que pense mon père.

Pour l'instant, ce concept parut trop vague à la troupe et encore plus à Andrick. Ils ne pouvaient adhérer à cette idée de parasiter un être pour survivre.

Durant cette conversation divulguant de cruciaux détails, Malphas s'affaiblit davantage. Le secret de sa puissance était dévoilé. Il devait agir vite et vampiriser une âme, comme elle le disait si bien, avant que tout le pays n'entreprenne une chasse contre lui. Bien sûr, il devait s'emparer de la pierre noire qui quintuplerait probablement sa puissance et le rendrait pratiquement invincible. Il en salivait déjà de joie.

— Mais dites-moi, Majesté : d'où vient la pierre? demanda le porteur du pentacle.

— L'origine est un peu confuse; elle remonte à des milliers d'années. Une légende raconte que cette pierre porte le nom de dracontia.

— Oh! s'émerveilla Inféra, c'est un joli nom, dracontia. Ça sonne comme si c'était un objet très mystérieux.

— Oui, en effet, c'est un joli nom, s'étonna Sophia de la réaction spontanée de la jolie fée rousse aux yeux rêveurs. Hum… on dit que cette pierre a résidé à l'intérieur du cerveau d'un dragon ; on dit même que chaque dragon en a une.

— À l'intérieur du cerveau ? se surprit Ramon.

— Oui. Hum… cependant je dois vous mentionner un petit détail important.

— Comme quoi ? demanda Flavie.

— C'est… qu'il faut la retirer lorsque le dragon respire encore.

— Quelle horreur ! grimaça Inféra. La retirer lorsqu'il est vivant. Mais… c'est barbare !

— Oui, en effet ! Bien que ce soit une légende, de nombreux chasseurs ont cherché cette pierre et ont tué une quantité phéno-ménale de dragons. Bien sûr, il y avait aussi le commerce des griffes, de la peau et du sang de dragon, qu'on dit énergisant, ainsi que de leurs épines et de leurs cornes que l'on sculptait. Hélas ! Ces pauvres bêtes ont été sacrifiées pour rien. Personne n'a trouvé de dracontia, que ce soit à l'intérieur de la tête ou ailleurs dans le corps du dragon tué, à l'exception d'un mage très rusé. La légende dit qu'il aurait réussi cet exploit sans tuer le dragon. Évidemment, puisque nous en avons une.

— Qu'est-ce que cette pierre est devenue, ma reine ? demande Ramon.

— Bien des années et des siècles ont passé jusqu'au jour où un chasseur s'est présenté au roi Salomon et lui a donné la fameuse pierre en remerciement de sa sagesse. D'où l'avait-il acquise ? Personne ne le sait. Quoi qu'il en soit, des rumeurs disent que ce chasseur devait sa vie au roi Salomon qui avait réglé un différend il y a plusieurs années alors que le chasseur n'était qu'un jeune bébé.

» On raconte que deux femmes avaient mis au monde un enfant au même moment et au même endroit. Un des nouveau-nés mourut étouffé. Elles se disputèrent alors l'enfant survivant. Pour régler le désaccord, Salomon ordonna à un garde armé d'une épée de partager l'enfant vivant en deux et de donner une moitié à la première et l'autre moitié à la seconde. Immédiatement, l'une des femmes se jeta à ses pieds en pleurs et exprima le désir de renoncer à l'enfant plutôt que de le voir sacrifié. Dès cet instant, le roi reconnut en cette dame le cœur d'une vraie mère, et il lui fit remettre le nourrisson. On dit que, durant son enfance, sa mère lui raconta cette histoire qui lui resta gravée en mémoire. En avançant en âge, il devint chasseur et, lors d'un prestigieux tournoi en terres lointaines, il acquit cette pierre qu'il remit ensuite au roi en guise de remerciement pour la justesse de son jugement.

— Une touchante histoire, remarqua Inféra qui assécha quelques larmes.

— Oui, c'est une histoire des plus émouvantes des temps anciens. Le roi Salomon fut, lui aussi, touché par son présent. Honoré de ce cadeau, il fit ciseler la pierre en une étoile à six pointes et la fit monter sur une chevalière. Il la garda sur lui jusqu'à sa mort. Cette pierre lui permit d'acquérir de nombreux territoires. Lorsqu'on le mit dans sa crypte, la chevalière était toujours à son doigt.

» Plusieurs années passèrent. Puis, un bon et sage ermite visitant la ville pour ses courses annuelles apprit par une des servantes du royaume que la bague était aux mains d'un être mécréant. On prétend qu'une parmi ses 700 épouses aurait révélé à son amant malfaisant la puissance de cette pierre. Mais personne ne peut l'attester ou le jurer. Quoi qu'il en soit, le vol a eu lieu.

— Seulement 700 épouses. Oh là là ! rigola Ramon.

— C'est ce qu'on raconte, gloussa à son tour Sophia. Je crois que le conteur a un peu exagéré. Avec 700 épouses, sans compter les petits, les servantes et les gardes du corps à leur service, il faudrait toute une cité, plus qu'un château, pour loger tout ce beau monde de sa seule famille.

Tous se mirent à rire, sauf Andrick. Il demanda d'une voix calme et avec une pointe d'impatience :

— Mais, Votre Majesté, les légendes ont un fond de vérité, n'est-ce pas ?

— Oui, bien sûr, affirma la reine tout en perdant son rire.

Philémon, qui n'avait pas compris l'intervention directe et blessante de l'adolescent, demanda à brûle-pourpoint :

— Votre Majesté, est-ce que votre père détient encore la pierre originale ?

Elle lui sourit. Philémon avait raison de la ramener sur le sujet, et elle comprenait mieux qu'Andrick soit si pressé de connaître le reste de l'histoire.

— Malheureusement non ; lorsqu'il a divisé le pentacle en cinq pointes pour chacun des futurs porteurs, les deux pierres se sont détachées et sont disparues.

— Comment ça, disparues ? se choqua Inféra.

Même Malphas en fut révolté. « Comment est-ce possible ? La dracontia, cette pierre si précieuse et si puissante, serait perdue ? Il était où, le mage Kaal, pour séparer ce pentacle et pour perdre ainsi les deux pierres ? »

Les yeux de Sa Majesté s'assombrirent devant leur incompréhension. D'une voix calme, elle ajouta :

— Il faut beaucoup de magie pour diviser un pentacle en cinq pointes et s'assurer par la suite qu'une fois les pointes réunies, le pentacle retrouvera non seulement sa forme originale, mais aussi les pierres, le tout avec les propriétés d'origine. Mon père a fait appel à Séléné, la déesse de la Lune, et à son frère pour l'aider dans cette opération.

— Votre Majesté, est-ce que le frère de Séléné était Malphas ? se risqua Ramon.

— Non, bien sûr que non, s'offusqua Sophia. Il s'agit d'Hélios, voyons !

Le visage effrayé d'Andrick la fit se radoucir.

— Mille excuses, Andrick! Je me suis emportée. Il est vrai qu'il n'y a plus beaucoup de personnes qui s'intéressent aux vieilles histoires. Quoi qu'il en soit, au moment où Kaal accomplissait ce rituel, le soleil s'est caché derrière la lune. C'est un phénomène très rare. Mon père ne pouvait prédire que cette manifestation arriverait au moment même où il finalisait son sortilège.

— Oh! s'étonna Andrick. Vous voulez dire le soleil noir?

— Oui, le soleil noir.

— Votre Majesté, nous avons vécu ce phénomène il y a à peine quelques jours. Le soleil noir a alors obscurci les cieux pendant plus de trois jours.

— Oui, il en fut de même ici, mais seulement durant quelques minutes. C'est une période très bouleversante et très incertaine, d'autant plus qu'on ne sait pas où les dieux établissent leur lieu de combat. Dès qu'une éclipse solaire se présente, les dieux y voient une opportunité de se battre pour la plus haute marche du trône. Il n'y a pas que les mortels qui se battent pour la plus haute marche du pouvoir; les dieux aussi. C'est lors de ces périodes qu'il se passe des événements imprévisibles, surtout lorsque nous faisons appel à leur aide pour conclure un sortilège. Ils sont tellement occupés à déloger le dieu régnant qu'ils en oublient leur rôle de protection. Donc, les deux pierres se sont perdues. En revanche, si je me fie à ce que je vois, vous avez récupéré le diamant de Lune.

— Oui, répondit Andrick, grâce à Purnima.

Puis, il changea brusquement de sujet :

— Votre Majesté, avez-vous des nouvelles de la princesse Launa ?

La reine perdit sa jovialité, et ses traits se durcirent.

— Oh cette garce ! Elle est là où elle doit être !

— Hein !? s'étonnèrent presque en chœur les chevaliers du Pentacle.

— Pourquoi dites-vous ça ? demanda Nina.

— Elle a essayé de tuer sa mère, poursuivit Sophia. Elle est sous bonne garde dans une cellule avant d'être jugée et, j'espère bien, pendue. C'est tout ce qu'elle mérite, elle et son frère Wilbras VI.

Malphas s'abstint de crier des hourras et de tourbillonner de joie. «Oh, s'enthousiasma-t-il. Je l'avais presque oubliée; Launa, hi, hi, hi, emprisonnée. Comme elle doit souffrir, la petite; il faudrait bien que j'aille l'égayer. Elle et ses grands désirs de princesse ou plutôt de reine. Hum... Elle pourrait bien m'être utile dans cette recherche de la dracontia. Tiens, je vais de ce pas la visiter au lieu d'écouter leurs balivernes. Ah, cette chère enfant si naïve et prétentieuse! Je sens que je vais bien rigoler.»

Pendant qu'il fuyait, les chevaliers du Pentacle se mirent à parler tous en même temps, coupant la parole de l'un et de l'autre.

— Launa est à Dorado? questionna Nina. Depuis quand?

— Elle était où? cria Inféra.

— Son frère Wilbras aussi, indiqua Philémon.

— Par les dieux des cieux, Votre Majesté, je ne peux le croire, s'écria Flavie; elle a essayé de tuer sa mère.

— Comment le roi a-t-il réagi? s'inquiéta Ramon en enterrant la voix de sa femme.

— Pourquoi a-t-elle voulu faire ça? demanda Andrick, complètement abasourdi. C'est totalement inacceptable.

— Elle est tombée sur la tête, vociféra Inféra. Je n'ai jamais entendu une telle horreur.

— Est-ce possible qu'une princesse tente de tuer sa propre mère? lança Philémon ahuri, à haute voix.

Devant cette cacophonie, Sophia attira l'attention de tous en faisant claquer violemment ses deux poings sur la table. La troupe réagit en sursautant et en se taisant.

— Calmez-vous! C'est un vrai charivari. Vous parlez tous en même temps, s'impatienta-t-elle.

— Pardon, Majesté! s'excusa Ramon.

— Excuses acceptées. Bien sûr que je vais tout vous expliquer, mais c'est à la condition que vous parliez un à la fois. Je commence par vous, Flavie.

— Votre Majesté, vous avez bien dit qu'elle a *essayé* de tuer sa mère; donc, Morina est vivante! en déduisit Flavie.

— Oui, elle est vivante.

— Et le roi, Majesté? la pressa Andrick.

— Il est décédé.

À nouveau, les voix s'élevèrent et s'entrechoquèrent.

— Launa a tué son propre père, reine Sophia? s'indigna Inféra. Comment a-t-elle pu poser un geste aussi cruel?

— Comment est-ce possible; tué par sa propre fille? se demanda Ramon.

— Mais elle était la fille préférée de son père! indiqua Andrick. Pourquoi aurait-elle fait ça?

La reine soupira d'exaspération. Alors qu'elle aurait cru possible un tête-à-tête paisible et agréable avec eux, elle n'en pouvait plus de devoir répondre à toutes ces questions posées simultanément ou en rafales.

— Ouf! Quelle avalanche de questions! Je sais que c'est difficile de tout assimiler en peu de temps après une si longue absence. Comprenez-moi bien, mes chers amis : je ne peux répondre par une simple phrase à chacune de vos questions. Je vais vous raconter le plus fidèlement possible tout ce qui s'est passé durant l'année dans l'ordre chronologique. Vous allez être désagréablement surpris de l'effroyable année que nous avons passée; cependant... une chose me dérange.

— Quoi, Majesté? demanda Ramon.

— Cessez les Majesté, ma reine ou reine Sophia; vous m'étourdissez à la fin. Je suis votre amie. Cessons cette extrême politesse.

Appelez-moi tout simplement Sophia, et discutons entre nous comme de vieux amis.

— À votre convenance, ma bonne amie, indiqua Flavie en souriant.

— Je vois que vous avez très peu mangé, s'attrista la souveraine.

— Je crois que ces nouvelles nous ont trop bouleversés, l'avisa Ramon d'un ton triste.

Le visage de la reine s'égaya.

— Je pense que j'ai quelque chose qui va vous ravir, annonça-t-elle d'un ton léger. Passons aux choses plus substantielles.

Elle claqua dans ses mains, et des coupes de vin mousseux remplies jusqu'au bord apparurent devant eux. Puis, avec sa baguette, elle fit quelques spirales dans les airs, et un plateau de fraises bien mures, des miches de pain sortant directement du four, des croissants fumants, du fromage de chèvre, de la confiture de framboises et des pots de café se déposèrent sur la table.

— Ne soyez pas inquiets, en cette heure matinale ; ce mousseux est sans alcool, précisa-t-elle.

L'effet fut instantané. Des sourires s'esquissèrent sur les visages des invités.

À plusieurs kilomètres de là, il en allait autrement.

CHAPITRE 9

LA PRINCESSE MAUDITE

Dans une des cellules humides et froides du donjon, Wilbras VI serrait au travers du grillage les doigts de sa bien-aimée. Elle passait le voir presque chaque jour en lui apportant quelques pâtisseries et du jus frais. Bien que ces visites l'égayent, sa situation n'était guère reluisante. Son espoir d'être un jour libéré s'effritait. Aussi, il donna ce conseil judicieux à sa belle :

— Chère Miranda, je te vois chaque jour. Tu m'apportes réconfort et des gâteries. Mais je sais bien que mon avenir est loin d'être réjouissant. Mon grand amour, si tu me permets, je crois que tu dois m'oublier.

Insultée, elle retira ses doigts brusquement. Elle ne pouvait se résoudre à perdre le souvenir d'un jeune homme beau et aimant.

— T'oublier ? Comment le pourrais-je ? Will, je t'aime de tout mon cœur. Dès les premiers jours où tu es venu au village, je suis tombée follement amoureuse de toi.

— C'est pour ton bien, ma chérie. Je suis aux yeux de tous un criminel.

— Mais puisque c'est ta sœur qui a tout planifié, répliqua-t-elle en lançant un regard fulminant en direction de la cellule de Launa.

Il secoua la tête négativement. Il glissa sa main au travers de deux barreaux et la lui tendit pour qu'elle y appose à nouveau la sienne.

— Tu oublies que c'est moi qui ai donné le colis à ma mère. Par la suite, je me suis sauvé, ce qui n'était guère brillant de ma part. C'est ce dernier geste qui m'a condamné. Tout le monde pense que je suis complice de la préméditation du meurtre de ma mère avec ma sœur Launa.

Il agita gentiment ses doigts qui dépassaient la paroi grillagée pour qu'elle joigne sa douce main à la sienne. Au lieu d'accepter cette tendre invitation, elle le bouda.

— Ma belle, insista-t-il d'une voix mielleuse et en bougeant encore ses doigts.

Elle ricana et accepta l'offre avec joie. Elle saisit la main froide de Wilbras VI. Elle la réchauffa en plaçant les deux paumes l'une sur l'autre et les fit glisser rapidement sur la main de son bien-aimé. Puis, elle la couvrit de baisers chauds.

— Je te promets de clamer ton innocence dans tout le royaume, dit-elle en interrompant sa conversation pour embrasser la main de son amoureux.

» Le royaume est dans un piètre état, poursuivit-elle. Les récoltes ont été désastreuses.

De sa main droite, il cajola ses magnifiques cheveux bouclés et bien coiffés. Il s'en dégageait une odeur de fleurs de jasmin qui le séduisit.

— Embrasse-moi, souffla-t-il doucement.

Elle se redressa et lui présenta ses lèvres mais, avant même que leurs lèvres ne se touchent, elle ajouta :

— La reine ne pourra se passer de toi. Le peuple est affamé, et aucune fête n'est prévue alors que, dans le temps de ton père,

le 1ᵉʳ de septembre était un jour exceptionnel, une journée festive.

— Ironiquement, c'était la fête de
ma chère sœur, l'enfant préféré de mon
père, qui languit ici avec moi, dit-il
sarcastiquement.

— Mais elle ne vaut plus rien maintenant. Tous les Doradois la maudissent. Elle
est passée de la jolie princesse enlevée et
chérie du royaume à une princesse maudite
et détestée, dit-elle en jetant un regard plein
de malice en direction de la cellule de Launa.
Seul toi peux sauver le pays par ta brillance
d'esprit, mon amour.

— Oh, ma chérie, soupira-t-il, tes
paroles sont un baume sur mon cœur
meurtri. Je t'aime tellement.

Il l'embrassa à plusieurs reprises sur la
joue. À deux pas de sa cellule, Launa
entendit leurs nombreux baisers sonores et
tous leurs racontars. Elle plaqua ses deux
mains sur ses oreilles. Elle n'en pouvait plus
de les entendre s'embrasser et de parler en
mal d'elle.

— Na, na, na, cria-t-elle en se relevant et
en agrippant les barreaux de sa cellule.
Arrêtez vos câlins. C'est lassant d'entendre
vos soupirs, vos baisers et vos âneries. Tu es

aussi coupable que moi, Junior. Si je suis détestée, tu l'es autant, sinon plus.

Il se détacha de sa douce et cria à sa soeur :

— C'est toi qui as fabriqué ce poison.

— Tais-toi, Junior. Poison, vite dit. Je ne peux pas appeler ça un poison alors qu'elle n'a eu que des malaises pendant environ deux jours. En plus, ça ne m'étonnerait pas qu'elle ait joué la comédie tout ce temps. Pourtant, ma mère veut autant le pouvoir qu'un mort-vivant veut la vie. Ah ! Que c'est agaçant à la fin ! Tu joues à l'enfant martyr.

Will n'aimait surtout pas qu'on l'appelle Junior. Ce prénom l'irritait au plus haut point. Il grogna et ne put s'empêcher de lui lancer une flèche.

— Et toi, tu n'es qu'une fée ratée ! Rien de bon ne t'arrivera parce que tu te crois plus intelligente que les autres. Tu n'es même pas capable de nous sortir de là alors que tu as des pouvoirs magiques.

— Tu oublies que les pouvoirs magiques m'ont été enlevés.

— Balivernes ! cria Will en crachant au sol comme pour marquer son dégoût envers le comportement mensonger de sa soeur.

Miranda fit un pas en arrière et désapprouva le geste disgracieux de son amoureux en grimaçant. Quant à Launa, elle devint si fâchée qu'elle projeta un bras en avant d'elle. Elle imagina son frère en batracien gluant et boutonneux, avec de gros yeux globuleux et une longue langue pendue. Ironiquement, elle le vit avec une toute petite couronne au sommet de sa grosse tête d'amphibien. Elle lança son envoûtement en projetant son bras droit vers lui.

— Immonde crapaud puant, tu le deviendras, foi de Launa.

Au lieu de cela, il y eut un bruit d'explosion, et une peau verdâtre et luisante atterrit aux pieds de Miranda qui cria comme une folle en sautillant loin de cet objet infect. Will en rit.

— Tu vois, tu mens, ricana-t-il. Tu as encore des pouvoirs magiques sauf qu'ils ne marchent pas. Mère a toujours dit que la magie fonctionne à condition d'avoir une âme pure. Tu n'es qu'une mauvaise perdante, toi qui aspirais au trône. Te voilà bien servie. Tu es une reine dont le royaume se limite à une oubliette puante ayant comme sujets une paillasse et des toiles d'araignée.

Il gloussa de plaisir, puis il éclata de rire. Il rit si fort que Launa s'en prit aux barreaux de sa cellule et les secoua de toutes ses forces, provoquant des crissements aigus et désagréables. Les deux gardes, qui n'étaient pas intervenus jusqu'alors, frappèrent les dalles au sol avec leur hallebarde pour signifier de se calmer.

Le bruit assourdissant de ces armes contre le plancher de pierre eut raison d'elle. Launa se calma et retourna au fond de sa cellule. Elle avait le bras engourdi et les doigts chauds en raison de son tour de magie, même si celui-ci avait échoué.

Elle s'étendit sur son matelas face au sol. La douleur dans son bras la fit rouler sur le dos. C'est alors qu'elle remarqua pour la première fois une grosse tache noire dans le haut d'une fissure du mur de sa cellule. En plus, la tache bougeait, quoique lentement. Elle était vivante. Launa frémit de peur. La tache était un animal tapi dans la pénombre, dans un coin sombre de la pièce. Mais quelle sorte d'animal était-ce?

Palpitant d'effroi, Launa se concentra sur la bête. S'agissait-il d'un rat ou d'un chaton? D'habitude, ils sont au sol, pas dans le haut d'un mur. S'agissait-il d'une couleuvre ou d'une chauve-souris ?

Lorsque l'animal bougea les épaules, des ailes soyeuses et d'un noir luisant se déployèrent légèrement. C'était donc un oiseau qui la fixait de son énorme œil rond et brillant. D'un mouvement vif, il remua la tête pour l'observer de son autre œil. Elle reconnut la créature par son gros bec foncé et faiblement courbé. Quelle horreur ! C'était un corbeau dans sa cellule, elle qui était incapable de les sentir même à 100 mètres d'elle. Et là, il y en avait un, à tout au plus un mètre, si elle se relevait de son lit.

Elle se raidit et cria comme une perdue devant ce passériforme ébène au corps immobile et au crâne pivotant. Hérissé par les cris puissants de la jeune fille, l'oiseau s'agita nerveusement et s'envola en décrivant d'immenses cercles au-dessus d'elle, frappant à l'occasion les murs ou le plafond comme un animal fou en cage. Des plumes s'échappèrent et tombèrent sur elle. Terrassée sur son matelas et incapable de se relever, elle redoubla ses hurlements.

Elle détestait ce type d'oiseau ainsi que tous ceux lui ressemblant tels que les corneilles, les pies et autres bêtes à plumes de la même espèce. Le dernier corbeau qu'elle avait vu s'était battu contre un pinson démesuré. Elle hurla encore lorsqu'un des gardes remplaça sa hallebarde par un arc qu'il y avait près d'eux. Il décocha une flèche au travers des barreaux sans même ouvrir la porte. La flèche atteignit l'oiseau en plein vol. La dépouille passa à quelques millimètres du nez de la princesse et s'écrasa à ses pieds en l'éclaboussant de son sang.

Will et Miranda se demandaient bien ce qu'il se passait. Mais, lorsqu'il vit un des gardes entrer dans la cellule et en sortir avec un corbeau à moitié mort au bout d'une flèche, Will s'étouffa de rire. Il connaissait trop bien sa peur des corbeaux.

— Voilà ce qui est arrivé à ton tour de magie. Tu as fait apparaître un vulgaire corbeau, rigola-t-il. T'es vraiment douée, Launa ! Bravo ! fit-il en applaudissant.

— Ha ! Ha ! Ha ! Ta sœur a peur d'un simple corbeau ; c'est trop drôle, s'éclata Miranda en riant.

En plus des rires de cette paysanne et de Will, les gardes lâchèrent de gros rires gras, ce qui la mit encore plus en colère. Elle se demandait comment cet oiseau avait bien pu s'introduire dans sa cellule. De toute évidence, c'était un oiseau égaré qui avait dû entrer par une des fenêtres du palais et qui s'était glissé dans sa cellule. Ou peut-être, comme l'avait suggéré son frère, c'est elle qui l'avait fait apparaître. Elle frémit d'horreur. Elle regardait ses mains tachetées de sang.

Pourquoi ne réussissait-elle pas ses tours de magie ? Pourquoi ce corbeau apparaissait-il à tout moment ? Désespérée, elle se recroquevilla sur sa paillasse et pleura. Elle en conclut qu'elle n'était qu'une vilaine sorcière, qu'une princesse maudite. Jamais elle ne deviendrait une reine, ni une commandeure comme la respectée Mélissa Style, la commandeure qui l'avait enlevée.

CHAPITRE 10

DE SURPRISE EN SURPRISE

— Quoi? Il y a deux dragons? s'écria Andrick.

Cette nouvelle eu l'effet d'un coup de tonnerre auprès de la troupe. À tel point qu'Andrick échappa sa tranche de pain garnie de confiture. Elle tomba au sol du côté confiture. Il grimaça. Il la reprit et souffla dessus pour enlever la poussière et les brindilles.

— Oui, deux magnifiques dragons noirs, l'informa la reine Sophia en se versant son premier café matinal.

— Je me sens comme un rien du tout, geignit le porteur du pentacle. Nous arrivons sans dragon alors qu'il y en a déjà deux ici à Dorado. Nous allons paraître face à notre peuple comme des vauriens, des misérables. Que vont dire mes parents et tous ceux qui m'ont confié cette mission?

La reine déposa sa tasse. Surprise par sa réaction, elle lui fit cette confidence :

— Premièrement, ces dragons donnent beaucoup de fil à retordre à ton père. Ce sont de jeunes dragons très indisciplinés.

— Mon père? Il s'en occupe? s'étonna le jeune Dagibold. Mais pourquoi lui?

— Comme tu le sais peut-être, il est reconnu pour ses dons de dressage de dragnards. Alors, il allait de soi que ce soit lui qui fasse le domptage de ces deux jeunes dragons. Aux dires des gens qui viennent puiser de l'eau guérisseuse, ce sont deux dragons fringants du nom de Gord et Drak, précisa-t-elle. Toujours selon leurs dires, votre père n'a toujours pas réussi à les mater. Ce sont des dragons très indisciplinés et malicieux. Si jamais vous les rencontrez, prenez garde de vous en approcher! Ils soufflent de longues lames de feu.

— Qu'est-ce que mon père a affaire avec ça ? s'étonna à son tour Nina. Des dragnards et des dragons, ce n'est pas la même chose. C'est normal qu'il ne réussisse pas à les amadouer en claquant des doigts.

— Sa Majesté en a décidé ainsi. Votre père et votre mère travaillent au château.

— Quoi ? se choqua Andrick. Ils sont au service de la reine ?

— Il a bien fallu. Ton frère Melvin est marié à Naura et demeure dans un joli cottage nouvellement reconstruit.

Sérieusement, les nouvelles étaient étonnantes et n'avaient aucun sens pour les jumeaux Dagibold.

— Pourquoi n'habitent-ils pas dans le manoir ancestral ? s'enquit Nina.

— Parce qu'il a été brûlé.

— Notre belle résidence a été brûlée, balbutia la jumelle, comme celle d'Éxir.

— Nous allons vraiment de surprise en surprise, commenta Ramon. D'abord, le domaine des Charmes, puis celui des Dagibold. Y a-t-il beaucoup de domaines ainsi incendiés ? Qu'est-ce qui s'est réellement passé ?

— Je vous l'avais dit hier soir, rigola Sophia, qu'il y a bien des choses qui se sont passées en un an seulement. Je vais tout vous raconter de A à Z. Il y a assez de matière pour rédiger une longue série de romans, je vous l'assure!

C'est à ce moment que Sophia leur raconta l'enchaînement des événements quand Wilbras VI avait entrepris de tout détruire sur son passage lors de la recherche de sa mère qui était en fuite pour éviter la pendaison ordonnée par le roi. Puis il y avait eu le retour de Launa avec, dans ses bagages, un œuf de dragon; la mort du roi en raison d'une trop grande joie de revoir sa fille; le séjour de la princesse et la naissance des dragons jumeaux au collège de la Magie; les caprices de la princesse; la folie des grandeurs de Wilbras VI; et la tentative d'assassinat de la souveraine par Launa et Wilbras VI.

— Maintenant, je comprends l'enfermement de Launa et de son frère, conclut Andrick, dévasté par ces nouvelles. À deux reprises, la reine a failli mourir, une fois sous l'ordre du roi et, une autre fois, en raison de la folle ambition de ses enfants.

— Oui, Morina a bien essayé de montrer à son fils Wilbras et à sa jeune sœur le droit chemin, mais ils n'ont fait que la décevoir. Mais, pire encore, il y a cette présence maléfique.

— Ce Malphas, vous voulez dire, suggéra Ramon.

— Oui. Ce Malphas rôde dans les parages à la manière d'un courant d'air. Je crains que ce génie du mal flaire une bonne affaire.

— Un génie du mal devrait être facile à contrer avec tous les magiciens et fées sur notre territoire, argumenta Philémon.

— Il semble qu'il ait une facilité à disparaître, tout comme vos dragons, suggéra la reine en soupirant.

— Comme nos dragons, gémit Andrick. Ils sont partis sans nous dire un mot. Je crois que dame Flavie a raison. Draha est partie à la recherche du seul dragonneau vivant. Elle est partie vers la Cité de glace. Quant à ce génie du mal qui a la faculté de se transformer en un courant d'air, la tâche est immense. Comment pouvons-nous cerner un courant d'air ?

— Oh ! je me rappelle que mon père m'a dit qu'il pouvait se métamorphoser en corbeau. Hum… je crois vraiment que ce serait une bonne idée de rencontrer mon père pour en discuter.

— Bien sûr, dame Sophia, c'est avec plaisir que je visiterai votre père, affirma Andrick.

Une bulle de verre flotta dans les airs et vint tourner autour de la reine. Sophia tendit la main, et la bulle se déposa dans sa paume. Elle la porta à son oreille. Ses sourcils se soulevèrent de nombreuses fois. Puis, la bulle s'évapora dans l'air.

— Oh! Il vient de capter notre conversation. Il m'étonnera toujours. Avec cette faculté, il a intercepté nos discussions au bon moment; c'est incroyable. C'était un message de lui. Il m'avise que ce sera lui qui ira à ta rencontre, Andrick.

— Oh! Il a réellement entendu notre conversation, dit-il, ébahi.

— Oui et non; mon père a un puissant talent de télépathie. Il ressent des émotions positives ou négatives et, dès qu'il les perçoit, il parvient à canaliser le flux de notre entretien comme s'il s'agissait d'une rivière.

— C'est un grand mage, votre père, dit Ramon.

Sophia rougit et approuva en hochant délicatement la tête.

— Il se présentera à moi quand et comment? demanda Andrick.

— Il t'apparaîtra comme la dernière fois : sous la forme d'un cerf royal. Quant à la date, il ne m'a rien dit.

— En un cerf royal ? s'étonna Andrick.

— Oui, il semble que sous cette forme, Malphas ait du mal à le reconnaître. Tout comme pour nous : lorsque nous apercevons un corbeau, nous ne saurions dire si c'est Malphas ou un simple corbeau.

— Ouais, vu sous cet angle-là, dit Philémon, nous allons suspecter tous les corbeaux.

— Nous étions censés arriver avec cinq dragons, et c'est Launa qui parvient à en transporter deux dans ses bagages. D'où venait-elle ? se demanda Andrick.

— On ne sait trop, répondit-elle. Elle n'a pas été très claire.

— Tout à coup, je me sens fatigué. Ces nouvelles m'ont donné le vertige.

— À moi aussi, affirma Nina. Pourtant, j'ai très bien dormi.

— J'ai l'impression que le pays est en déroute. Il suffira de peu pour que tout explose, s'attrista Philémon. Moi aussi, toutes ces nouvelles m'épuisent.

— J'ai bien peur que oui, soupira Sophia. Il faudrait que l'Ordre de la chevalerie revienne comme avant. En attendant que mon père choisisse le moment approprié pour te rencontrer, allez donc, toi et tes compagnons, rencontrer la reine ! Je crois que la reine a besoin de soutien moral.

— Nous espérons que nous pourrons au moins remplir cette demande, murmura Andrick tristement.

Ramon se leva et lui dit :

— Merci, Sophia, de votre hospitalité, de vos bons conseils et de cet excellent déjeuner. La matinée a glissé entre nos doigts comme du sable ; il est temps de partir et de rencontrer ma bonne amie Morina. J'espère que nous lui serons utiles.

CHAPITRE II

LES FONDEMENTS

M ajesté, si j'ai demandé une audience, c'est qu'il y a un point important qui me tracasse et qui est très délicat, dit le chevalier d'Actinide, Galaad Monvieux, en se redressant.

Seul à seule avec la reine dans la salle d'audience, le chevalier la regarda directement dans les yeux, ce qui la gêna. Contrairement à ceux d'un bleu turquoise impressionnant de sa fille Arméranda, Galaad avait les yeux d'un gris acier froid et mordant, tranchant avec sa peau tannée par les intempéries et ses cheveux d'un noir d'ébène.

— Eh bien, si je suis ici, c'est que je suis disposée à vous écouter, chevalier, dit-elle en se décontractant autant que possible.

— Ma reine, le peuple est sur le point de se révolter, annonça-t-il sans plus de diplomatie.

Elle porta sa main à son cœur. Elle en avait des palpitations. C'était là une annonce surprenante et inattendue. Depuis quelques jours, les mauvaises nouvelles se multipliaient. Et celle-là, elle ne l'avait point vu venir.

— Se révolter, mais pourquoi ? s'offusqua Morina.

— Je crains même une insurrection, Votre Majesté.

— Vous n'y allez pas un peu fort, sire ! dit-elle d'une voix puissante.

Il ne réagit pas. Il conserva un calme étonnant. Devant son impassibilité, la reine s'adoucit.

— Je vous en prie, sire. Allez au fait !

— Votre Majesté, comme vous le savez probablement, le printemps a été un vrai désastre pour les semailles à cause d'une raison fort simple. Votre fils a obligé beaucoup d'habitants à le servir en cette période cruciale.

La souveraine soupira de tristesse.

— De plus, ma reine, vous m'avez demandé d'implanter la chevalerie, de constituer une nouvelle confrérie s'appuyant sur nos fondements. Eh bien, j'ai noté un point important dans nos règlements, un point fondamental, un point jugé sensible par une majorité de la population.

Morina se raidit. De quel point important n'était-elle pas au courant?

— De quoi s'agit-il, sire?

— Votre Majesté, les chevaliers doivent fidélité et obéissance à un roi ou à une reine.

Jusque-là, elle était bien d'accord. Elle hocha la tête.

Ce n'était sûrement pas pour cette raison qu'il avait demandé une audience. Il devait bien y avoir un autre point plus malaisé à annoncer. Mais lequel?

— Bien sûr, répondit-elle avec un embarras palpable. Mais pourquoi, sire, autant d'hésitation? Je sens en vous une grande détresse.

Le visage de Galaad, buriné par le soleil et le vent, s'assombrit. Son regard se porta vers le dallage de pierre.

— Je vois, c'est un point délicat... hum... tellement délicat que vous peinez à me l'annoncer, conclut la souveraine.

— Oui, ma reine, chuchota-t-il.

— Sire, je vous prie. Ne prenez aucun détour. Allez, je vous écoute !

— Voilà : l'article 1 de notre constitution monarchique stipule que le souverain ou la souveraine doit être dépourvu de pouvoirs de magie. L'article est clair et précis sur cette question. J'ai eu beau lire et relire tous les articles de notre constitution monarchique, il n'y a aucun autre article qui l'annule.

Elle figea sur place. Elle n'avait jamais pensé qu'un tel règlement puisse exister. En y réfléchissant bien, elle était la première reine à être un enchanteur depuis Wilbras I.

— En êtes-vous bien sûr, sire ?

— Oui, ma reine. Je me suis souvenu, à l'époque de l'annonce de votre mariage, des interrogations et des controverses suscitées concernant la succession et le remplacement du roi par son épouse advenant son décès. De tout temps, la lignée royale se devait d'être pure.

— Pure !?

— Pure comme un roi ne pouvant marier une enchanteresse, ou une reine, un enchanteur.

— Oh ! s'étonna la reine. Notre mariage a donc brisé une tradition de pureté.

— En effet, ma reine. Les mariages entre une fée et un prétendant à la royauté étaient formellement défendus. De plus, le peuple croit que la magie et la politique ne font pas bon ménage. Comme stipulé à l'article 2, tout acte ou ordre de Sa Majesté ne doit jamais être empreint de magie, ni l'encourager.

Il marqua une pause. Morina comprit qu'il n'avait pas tout livré.

— Mais encore ?

— Eh bien, normalement... je veux dire selon la constitution... hum... le roi et la reine doivent être tous les deux des hobereaux et non, voyez-vous, un enchanteur ou une enchanteresse. Il en va de même pour les enfants d'un mariage entre un hobereau et un enchanteur. Ils ne peuvent diriger un royaume et encore moins un pays. Il est aussi noté que le souverain ne peut sous aucune considération demander de faire usage de la magie par une tierce personne.

— Ah ! Si je comprends bien... aucun de mes enfants ne peut accéder au trône, est-ce bien cela ?

— Exactement, ma reine.

— Ni aucun magicien ou aucune fée ?

— C'est ce qui est inscrit aux livres anciens de la chevalerie.

La reine se leva et fit quelques pas. Cette notion lui plaisait. Launa et Wilbras VI tenaient tellement à diriger le pays que leurs chicanes et leurs jalousies l'étouffaient. Et voilà qu'elle apprenait que ses enfants étaient exclus de la royauté ainsi qu'elle-même. Ils ne pouvaient donc pas se battre pour l'acquisition d'un titre auquel ils n'avaient pas droit.

— Vous dites que, pour être roi ou reine, il faut être un hobereau pur, mais il y a eu tellement de mariages entre hobereaux et enchanteurs ; n'est-ce pas une mission impossible de trouver un hobereau pur ? Dans chaque hobereau du pays, il doit bien y avoir une petite parcelle de sang d'enchanteur ; alors comment être sûr que le prétendant au trône soit pur sur toute la lignée ?

— Je sais. Par contre, Majesté, un croisé…

— Un croisé, l'interrompit la reine.

Galaad rit doucement.

— Désolé, ma reine, c'est ainsi que nous nommons les enfants nés de l'union d'un enchanteur et d'un hobereau.

— Oh !

« Des croisés, mes enfants sont des croisés », songea-t-elle.

— Je disais donc que, lorsqu'un croisé marie un hobereau, leurs enfants n'acquièrent aucun pouvoir magique. Le lien magique est dissous. Leur progéniture devient à nouveau des membres purs.

— Qu'arrive-t-il lorsque deux… croisés, hésita-t-elle à dire, car elle n'aimait pas ce terme peu élogieux, se marient, comme pour ma fille Naura et son époux Melvin dont les mères sont des fées ?

— La même chose. Les enfants seront privés de magie. C'est un peu pour cette raison qu'il y a peu de magiciens et de fées dans le pays.

Morina comprit soudain que la plupart des fées et des magiciens qu'elle connaissait étaient célibataires et qu'une certaine minorité était mariée à des hobereaux. Bien vite, la population de magiciens allait disparaître, tout comme les dragons avaient disparu.

— Mais… si mon mari était au courant de cela, pourquoi m'a-t-il épousée, sachant pertinemment que la lignée des Wilbras s'arrêterait avec lui ?

— J'imagine qu'il pensait changer ce règlement puisque l'aîné porte le nom de Wilbras VI. Je crois que la mort est survenue si subitement chez lui qu'il n'a pas eu le temps d'apporter une modification à cette loi.

— Ah, je vois !

Elle se rassit sur son trône.

— Mais maintenant que je sais tout cela, qu'est-ce que nous faisons, sire ?

— Il faut instaurer des épreuves.

Elle sursauta.

— Quoi ? Des épreuves ? Quelle horreur ! On se croirait au temps des Dragonsaurius, cette période dépassée, cette période avant la période limitée à cinq espèces de dragon, la période Pentadragonsaurius.

Galaad s'étonna de sa réaction et eut un air amusé. Elle se fâcha davantage face à son arrogance.

— J'imagine des batailles à mains nues, des combats d'armes et des joutes durant des jours sous les yeux d'une foule déchaînée. C'est ça que vous voulez, du sang et des jeux ! Pour qu'un seul survivant soit déclaré le vainqueur. C'est ça que vous voulez comme système pour désigner notre futur roi ?

Elle s'agita et respira fort. Il pouffa de rire. Elle se dressa et lui cria d'un ton impatient :

— Vous osez vous moquer de moi ?

— Je ne me moque pas de vous, ma reine. Je suis abasourdi par votre raisonne-ment. Oui, certes, il y a des épreuves phy-siques, mais pas de nature aussi violente que vous le dites, fit-il en lui souriant. Il y a aussi des épreuves de jugement.

Encore rouge de colère, elle se radoucit et se rassit.

— Vous me rassurez. Vous avez sûrement un plan en tête, alors ?

Elle se réjouit que les épreuves physiques ne soient pas les seuls critères de sélection.

— La recherche d'un nouveau roi parmi nos fédérations.

— Les fédérations, je croyais qu'elles n'existaient plus.

— Elles existent encore. Personne n'a mis fin à ce système. Certains royaumes anciens n'ont pas cessé leur journal, leur mémoire du temps.

— Oh, je ne savais pas qu'il y avait des mémoires du temps. Et que contiennent ces mémoires du temps ?

— Chaque royaume ou domaine important a sa mémoire, Majesté. À l'intérieur, on y retrouve les fondements de son identité, les naissances, les mortalités, les croyances et les richesses du royaume. Tous ont un point en commun.

— Lequel ?

— Une prédiction pour un ou des prétendants au trône. Chaque royaume dresse une liste de prétendants aptes à régner sur la totalité de notre territoire de Dorado.

— Même à Dragroux qui est plus un bourg qu'un royaume ? s'étonna la reine.

— Même à Dragroux. Ils ont probablement un prétendant à nous présenter. Il est vrai que chaque prétendant doit être éduqué à régner et à développer son jugement, ce que nous avons omis de poursuivre.

— Hum… je ne vois qu'une personne qui puisse accomplir cette fonction. C'est Frankie Wévi, un magicien intelligent et surtout astucieux. Il a le sens de l'organisation. Comme je viens de le dire, il est un magicien. Est-ce que c'est une entrave ?

— Je n'y vois aucun inconvénient, Majesté. C'est peut-être même un atout. Il ne sera pas enclin à prendre le parti d'un prétendant ou d'un autre à la couronne.

— Ni à acquérir ces aptitudes au Collège de la magie ?

— Vraiment pas. Je considère que le Collège de la magie est un lieu neutre.

— Mais, en attendant, connaissez-vous un prétendant qui se démarque des autres ?

— En effet, parmi toutes mes connaissances, sire Olibert de la Source, du domaine des Forges, se distingue par l'excellence de son travail, par son raffinement et par ses qualités d'écoute. Il y en a d'autres aussi, que ce soit à Pomrond ou à Verdôme, mais son jugement à lui me plaît plus que celui des autres prétendants.

Elle aurait cru qu'il se nommerait, mais le chevalier Galaad resta fidèle à son image : un homme, de toute évidence, honnête et sans prétention. La situation s'améliorait. La reine lui sourit. L'atmosphère suffocante et lourde des derniers mois lui semblait plus détendue et légère.

— Merci, chevalier Monvieux, pour ces informations et votre admirable confiance. Sans le savoir, vous enlevez un terrible fardeau de mes épaules. La royauté ne me plaisait pas plus que ça. Maintenant que je sais ne pas pouvoir accomplir ces fonctions en raison de mes origines, je vais en informer mon conjoint et mon entourage. Nous allons tout mettre en œuvre pour couronner un nouveau roi le plus rapidement possible. En attendant, je crois que ma mission est de continuer à gouverner jusqu'à ce qu'un des prétendants accède au trône ou que sire Olibert de la Source accepte d'agir comme roi intérimaire. Chevalier Galaad Monvieux, vous pouvez disposer.

Il s'inclina et quitta les lieux sur-le-champ. Dès que les portes de la salle d'audience se refermèrent derrière lui, la reine actionna une clochette. Une adolescente arriva par la porte arrière.

— Dites à Éxir d'aviser Rutha, Valdémor et Frankie par messager, ainsi que ma bonne amie Pacifida et son conjoint O'Neil, de la tenue d'une réunion d'urgence, demain matin à 9 h, à mon bureau et non à la salle d'audience. Nous serons mieux là qu'ici dans cette grande salle. Oh! Veuillez préparer et apporter deux ou trois plateaux de fruits, un plateau de fromages, du pain et du thé chaud pour cette réunion. De plus, lorsque mes invités seront arrivés, je ne veux en aucun cas que l'on soit dérangés. Veuillez signifier à mes gardes qu'ils s'installent à la porte d'entrée du château et à celle de mon bureau pour en défendre l'accès. Compris?

— Oui, ma reine, se prosterna la jeune femme.

Morina lui fit signe de quitter les lieux. Une fois seule dans la grande salle, elle murmura :

— Si ma place n'est pas ici en tant que souveraine, où est donc ma place? Oh zut! J'ai oublié de demander combien de royaumes tenaient ces mémoires du temps.

CHAPÎTRE 12

DU RÉCONFORT

Cette nuit-là, Launa se réveilla en croyant avoir capté un long sifflement. Sur ses gardes, elle se dressa dans sa couchette. Ayant encore à l'esprit l'image de l'affreux oiseau au plumage noir, elle examina les moindres recoins de sa cellule. Sous un éclairage déficient provenant des torches du corridor, elle n'y vit aucun corbeau, ni aucun autre animal.

À demi rassurée, elle prêta l'oreille. À l'extérieur, une vieille chouette hululait tristement. Rien de plus. Plus près d'elle, des bruits d'une cuillère raclant un bol de métal et d'aspiration d'un liquide lui indiquaient qu'un des gardes mangeait un potage tandis que des ronflements réguliers confirmaient que l'autre dormait comme un ours. Puis, elle reconnut les grognements irréguliers et espacés de son frère endormi. Elle se recoucha et ferma les yeux lorsqu'elle entendit clairement un chuchotement à quelques centimètres d'elle.

— Pst! Launa.

Rapidement, elle se redressa. Anxieuse, elle regarda autour d'elle. Elle ne vit rien. Terrifiée, elle murmura :

— Qui va là?

— Je suis la voix.

— Quelle voix? chuchota-t-elle en serrant très fort sa couverture contre elle.

— Celle qui vous faisait rêver, celle de votre futur domaine.

Sans tarder, elle se vit penchée au-dessus du lac Noir où une voix lui avait fait espérer une vie royale dans une demeure digne de son rang.

— Oh! Celle du prince Noir, celle qui me faisait rêver d'un château somptueux, celle que j'ai entendue au domaine du lac Noir.

— Oui, cette voix-là.

Attristée, elle s'allongea sur sa couchette, convaincue que cette voix était dans sa tête et, qu'en plus, ce n'était pas une voix qui lui permettrait de sortir de ce lieu misérable.

— Il est loin, ce rêve, dit-elle une fois allongée sur le dos. J'ai tout fait échouer par ma faute. J'ai cru que je pourrais devenir reine en assassinant ma mère. Que je suis bête !

— Mais vous pouvez le devenir sans tuer votre mère. Votre royaume n'est pas ici, mais ailleurs.

Tout à coup, elle se redressa, et ses yeux devinrent brillants. La voix était bien réelle et non imaginaire.

— Êtes-vous vraiment la voix du lac Noir ?

— Puisque je vous le dis.

Les images d'un magnifique château surplombant la mer refirent surface. Elle ne rêvait pas. Elle le chercha. Tout comme au lac Noir, elle ne perçut rien. Pas de créature, ni d'homme.

— Si c'est vrai que mon royaume est là-bas, est-ce que je pourrais y emmener mes dragons avec moi ? s'exclama-t-elle.

Malphas se réjouit. Ouf ! Enfin, il y avait de l'espoir.

— Bien sûr. Pour ce faire, il faudrait que vous cessiez de hurler contre moi.

— Mais je ne crie pas contre vous, dit-elle d'une voix forte.

— Chut! Votre frère dort, et un des gardes est éveillé.

— Qui va là? cria le garde.

Elle l'entendit déposer son bol et réveiller l'autre garde qui grommela un juron.

— Vous voyez! C'est ce que je vous disais, chuchota la voix. Dites quelque chose pour le rassurer.

— C'est moi, cria-t-elle. Pardon, j'ai fait un cauchemar. Je me recouche.

— D'accord! dit-il d'une voix lasse.

Elle l'entendit se rasseoir et reprendre son bol tandis que l'autre poursuivait ses ronflements.

— Pourquoi vous êtes-vous énervée autant cet après-midi lorsque j'étais près de vous? murmura-t-il très près de son oreille.

Agacée par cette proximité, elle plaqua une main contre son oreille, et ses sourcils s'arquèrent. L'incompréhension se lisait sur son visage.

— Pourquoi me dites-vous ça? chuchota-t-elle. Je ne vous ai pas entendu de toute la journée.

— Quoi? Vous ne m'avez pas reconnu?
C'était moi cet après-midi, sous la forme
d'un corbeau. Je suis votre prince qui veille
sur vous.

La voix était maintenant lointaine,
comme dans le fond de la cellule.

— Oh! s'étonna-t-elle. Ce n'est donc pas
ma magie qui a fait apparaître un corbeau.

— Non, c'était moi, votre prince! répéta-
t-il, maintenant placé de l'autre côté d'elle.

Perturbée par ses agissements déran-
geants et ennuyeux, elle avait de la difficulté
à se concentrer et à assimiler l'information.
Puis, elle fit enfin le lien. Le corbeau, c'était
lui!

— Désolée! Je ne pensais pas que c'était
vous!

— Pour l'instant, je suis encore
condamné à être un courant d'air. Toute
cette énergie à me métamorphoser m'épuise.

« En voilà une bonne, se dit-elle. Il
s'épuise à se changer en corbeau alors que
j'ai en horreur ces oiseaux de malheur. »

— Mais pourquoi vous changez-vous
toujours en un vilain corbeau? Pourquoi
pas en un gentil chat ou en un chien atta-
chant? lui suggéra-t-elle.

— Je n'ai que cette habileté, celle de me transformer en corbeau.

— Oh! s'étonna Launa.

— Alors, la prochaine fois que vous verrez un corbeau, ne criez pas!

Juste à imaginer un corbeau qui lui parlerait dans le futur la fit trembloter. Comme elle ne répondait pas à sa question, il insista :

— Vous ne criez pas si vous me voyez en corbeau, chuchota-t-il un peu plus fort.

— D'accord! déglutit-elle.

— Je reviendrai vous voir d'ici quelques jours. Pour l'instant, je dois reprendre des forces. Au revoir!

— Au revoir!

Lorsque le silence se répandit et qu'elle n'entendit que les ronflements de son frère et d'un des gardes, elle passa ses mains sur son visage et perçut des morceaux d'une substance séchée et collée à sa peau. Elle se rappela les éclaboussures de sang reçues lors de la mise à mort du corbeau. Malgré sa tristesse, ces parcelles de sang séché la réconfortèrent.

— Au moins, c'est le sang de mon prince et non d'un vilain corbeau. Il a dit qu'il veillait sur moi, soupira-t-elle de joie. Lui, il saura me sortir de cette misère, de ce cachot.

CHAPITRE 13

LE HUIS CLOS

Entre-temps, vers 10 h, après une nuit passée au domaine de Dagibold, les chevaliers du Pentacle arrivèrent au château Mysriak. Ils avaient pris tout leur temps. Ils auraient pu arriver la veille, mais Andrick avait trouvé toutes sortes de prétextes pour ne pas se diriger directement et rapidement vers ce lieu. Il leur avait même imposé un détour pour visiter son frère. Personne ne le contesta, encore moins Nina. Tous comprenaient que leur situation n'était pas des plus reluisantes, soit celle de se présenter à Mysriak sans dragon.

Une fois arrivés à leur lieu de naissance, les jumeaux avaient constaté que l'ancienne demeure et les annexes avaient été incendiées et qu'une maison plus petite avait été édifiée ainsi qu'une grange modeste, pour l'élevage des dragnards, et un hangar de taille suffisante, pour les instruments agricoles. Le domaine n'était plus celui d'antan.

Avec bonheur, les jumeaux avaient retrouvé leur frère Melvin, à la fois heureux de les revoir et déçu de leur retour sans dragon. Ils avaient enlacé et embrassé leur belle-sœur Naura, qui nageait dans le bonheur. Elle attendait un poupon. Tout comme Sophia, Melvin leur avait raconté tous les malheurs survenus au pays et ses appréhensions de récoltes insuffisantes pour l'hiver à venir.

Passablement anxieux et nerveux, Andrick avait demandé à son frère de visiter les aires extérieures détruites par l'incendie et l'intérieur des nouveaux bâtiments. Comprenant son agitation et le poids ressenti sur ses frêles épaules de l'échec de la mission, les chevaliers l'avaient escorté durant de nombreuses heures en ne lui faisant aucun reproche…

La nuit venue, alors que tous étaient couchés dans l'étable avec leur dragnard, Nina avait tenté de le rassurer en lui disant :

— Tu ne devrais pas t'en faire autant. La reine comprendra.

— Vous croyez ? avait-il soupiré.

— Mais oui, avait approuvé Ramon. Ne sois pas inquiet ! Tout ira pour le mieux !

En direction du château Mysriak, ils notèrent une grande tranquillité. Pas de rire, pas de cris, pas de banderoles suspendues aux remparts, comme les autres années à cette période-ci. De toute évidence, personne ne se préparait aux célébrations des Bienfaits de la Terre, encore moins à la fête de Launa qui était censée fêter ses 12 ans d'ici 2 jours. Il n'y avait pas non plus les préparatifs pour une course de dragnards, une course aux allures spectaculaires et endiablées. Ils furent davantage intrigués lorsqu'ils atteignirent les portes du château. Elles étaient fermées, et une douzaine de gardes à l'extérieur assuraient la sécurité.

— Nous désirons nous entretenir avec la reine, dit Andrick à l'un des gardes qui bloquait l'entrée du palais royal.

— Sa Majesté la reine est en séance à huis clos présentement. Nous informerons Son Excellence de votre présence dès que cette réunion sera terminée.

Le porteur du Pentacle en resta estomaqué.

— Mais… nous arrivons… de très loin, balbutia-t-il.

— Il n'y a pas de mais. Les ordres sont les ordres, dit-il en martelant sur la pierre sa hallebarde.

— Nous avons traversé de nombreuses terres et nous devons informer la reine des derniers développements, insista Nina d'une voix douce.

Cette remarque ne les fit aucunement bouger. Devant leur impassibilité, Inféra bouillit de rage et s'approcha à quelques millimètres du garde central. Choquée, elle lui lança d'une voix forte :

— Mais qu'est-ce que c'est… cette histoire de séance à huis clos ? Nous sommes les chevaliers du Pentacle, et la reine nous…

— INFÉRA, MA FILLE, l'interrompit Ramon d'une voix forte et en la saisissant par le bras pour la faire reculer, ça ne sert à rien de s'impatienter. Les gardes ont reçu un ordre et, si tu te montres trop insistante, je crois que tu risques de te faire empaler par leur belle hallebarde.

— Oh! s'écria-t-elle en regardant un des gardes avec dégoût.

— Allons-nous-en avant qu'un garde ne riposte et nous blesse! ajouta Ramon en se déplaçant.

Malgré l'ordre de quitter les lieux et la menace proférée par l'aîné du groupe, personne ne bougea sauf Ramon qui s'était éloigné du groupe. Philémon croisa les bras et déclara :

— Ces gentils gardes ne pourraient pas nous dire quand revenir?

— Oui, Phil, tu as parfaitement raison! Quand pouvons-nous rencontrer LA REINE? s'écria Nina, les deux mains sur ses hanches.

— Nous ne sommes pas sourds, répondit un autre garde. Nous avons ordre de notre souveraine de ne laisser entrer personne. Nous lui devons honneur et respect.

— MAIS JE VOUS POSE UNE SIMPLE QUESTION, s'énerva la jumelle.

— Nina, s'étonna Flavie, il faut te calmer. Crier ne donne rien. Il nous faut attendre que cette séance soit finie. Nous ne sommes pas à une minute près.

Puis elle s'adressa aux gardes d'un ton calme :

— Vous ferez savoir à la reine Morina que nous désirons la rencontrer. Je me nomme Flavie, je suis une très grande amie de longue date de la reine, et voici mon mari Ramon, ma fille Inféra, son ami Philémon ainsi que les jeunes Dagibold, Andrick et Nina. Je suis sûre qu'elle attend de nos nouvelles avec grande impatience.

Les gardes ne montrèrent aucune émotion. Elle poursuivit :

— En espérant que le huis clos finisse bientôt, nous établissons un campement au pied du château.

Aussi imperturbables qu'auparavant, ils n'approuvèrent ni ne désapprouvèrent cette proposition. Alors, Ramon conclut qu'il n'y avait aucun problème et commanda à tous de déharnacher les dragnards. Une fois libérés, les dragnards s'abreuvèrent à même l'eau de la douve et ils partirent à la recherche de gibiers pour se nourrir.

— Je me demande où sont gardés les dragons Gord et Drak, demanda Andrick à voix haute.

— Ça doit être près de l'écurie, suggéra Ramon.

Ils ne firent que quelques pas et trouvèrent l'enclos des dragons derrière le château à l'orée d'un bosquet qui les protégeait d'un soleil trop cuisant.

Les bêtes sommeillaient dans leur grande cage métallique. Andrick s'en approcha et fut ébloui par leur beauté. Une des bêtes avait au milieu du front un signe particulier : un triangle doré. Même si la belle créature dormait, il sentit des liens se tisser avec ce ravissant animal. Andrick s'accroupit et il eut envie de le caresser comme il l'aurait fait avec Spino, son merveilleux compagnon. Il étira son bras et parvint à lui cajoler la tête. Instantanément, il eut un désir irrépressible de le chevaucher. Lorsque Gord ouvrit les yeux, ce désir s'amplifia et lorsque le dragon lui lécha la main, ce désir se confirma.

Nina fit de même avec Drak. Elle lui parla tout doucement et le complimenta sur sa beauté. Il se redressa, allongea ses ailes et fit quelques battements. Elle fut elle aussi emballée par la magnifique bête. Lorsque Gord imita son frère, les jumeaux ne souhaitaient plus qu'une chose : voler avec eux.

— Oh! On dirait que ceux-ci veulent voler avec nous, s'émerveilla Nina.

— Qu'en pensez-vous? demanda le jeune porteur en se retournant vers ses compagnons. Ce serait merveilleux de les chevaucher.

— Avez-vous le droit? s'inquiéta Inféra.

— Les gardes semblent plutôt concentrés à garder l'entrée, indiqua Andrick. Allez, dites oui!

— Je ne vois pas d'objections. En autant que ce ne soit qu'un petit tour, dit Ramon. Je suis étonné que les bêtes soient si amicales. À mon point de vue, ils ne correspondent pas à la description qu'en avait donnée la reine Sophia. Ils ne semblent pas malicieux; au contraire, ils semblent apprécier votre présence. Allez, vous pouvez faire un tour, mais seulement un petit tour, comme je l'ai déjà dit. Nous serons là pour parer à toutes sortes de fausses manœuvres ou à tout comportement désagréable de leur part.

Ramon et Flavie sortirent leur baguette magique. Les jumeaux ne se firent pas prier.

Andrick fit sauter le cadenas en pointant et claquant des doigts. Puis, il ouvrit la porte grillagée.

Alors qu'ils étaient réunis à huis clos, Morina instruisit Pacifida, O'Neil, Rutha, Valdémor, Frankie et Éxir des fondements et des dogmes existants. Lorsque Morina transmit les renseignements donnés par le chevalier Monvieux, indiquant qu'elle ne pouvait pas être reine, ils en furent estomaqués, comme assommés. Personne ne réagit. Aussi, elle s'adressa au seul hobereau de haut rang présent.

— Étiez-vous au courant, sire Dagibold, de l'existence de mémoires du temps avant que je vous en informe ?

— Oui, Majesté.

— Mon cher époux, tu étais au courant de ça ? s'étonna sa conjointe, Pacifida.

— Bien sûr, la mémoire du temps de mes ancêtres a été maintenue à jour durant des siècles et elle a cessé dès notre premier jour de mariage. La coutume veut que cette mémoire s'arrête dès qu'un hobereau pur se lie avec une enchanteresse, ou l'inverse. Elle ne peut plus être poursuivie puisque mes descendants ne peuvent accéder au trône.

— Eh bien, pâlit Pacifida. Tu as abandonné les mémoires pour moi.

— Bien sûr, ce sont les consignes.

— Mais les consignes de qui ? questionna Morina.

— C'est comme ça depuis la nuit des temps.

— Maintenant que nous savons tout cela, dit Morina, il nous faut prendre des mesures. Depuis que j'ai rencontré sire Monvieux, je dois admettre que je suis prête à démissionner de mon titre de souveraine.

Cette nouvelle sema la consternation.

— Si vite, s'alarma Éxir.

— Oui, si vite comme tu le dis, soupira la reine. Je ne vois plus l'intérêt de gouverner puisque je suis aux yeux de mes sujets une intruse. Ce titre ne me revient pas. Il faut y aller selon le sens de la loi. Instruire et former des prétendants à la couronne. Puis une série d'épreuves auront lieu, et le vainqueur deviendra roi. Tout redeviendra comme auparavant. Si le futur roi se marie à une non-enchanteresse, sa progéniture pourra régner pendant des siècles et des siècles.

— C'est une sage décision, ma reine, dit O'Neil. Mais, si vous ne voulez plus régner, il faut un intérimaire.

— Sire Monvieux a suggéré sire Olibert de la Source, du domaine des Forges.

— Le père de Zémée ? demanda Pacifida.

— Lui-même, répondit Morina.

Des bruits de battements d'ailes très distincts de ceux de dragnards se firent entendre au-dessus d'eux, des bruits de battements puissants et longs. Un à un, ils se levèrent et coururent à la fenêtre. Ils furent renversés par ce qu'ils virent. Un jeune homme volait au-dessus du château sur un dragon noir ayant une tache triangulaire dorée sur le front.

— Mais… O'Neil, c'est… s'étouffa de joie Pacifida… c'est… notre…

— C'est Andrick, blêmit O'Neil. Cette bête est beaucoup trop dangereuse pour lui. Jupiter, il va se blesser. Je dois l'empêcher de se…

Pacifida le saisit par le bras.

— Regarde ! Au contraire, il en a la parfaite maîtrise, se réjouit Pacifida. C'est bien mon fils. Quel aventureux ! Quel extraordinaire dragonnier fait-il ! Il est splendide.

Andrick tenta un piqué vers le haut, suivi d'une vrille arrière et d'un vol en ligne droite. Gord exécuta admirablement tout ce que son cavalier lui ordonnait. Le jeune homme riait, et toute l'anxiété si lourde sur ses épaules depuis deux jours était maintenant disparue.

— Quel talent! renchérit Éxir. Mais, là-bas, c'est votre fille Nina.

Le dragon jumeau avait rejoint son frère, ce qui éblouit les spectateurs au bureau de la reine. Ils s'exclamèrent encore plus en comprenant que ces deux dragons suivaient attentivement les directives de leur cavalier.

— Incroyable, tous les deux dirigent les dragons si facilement, s'étonna leur père en ayant les larmes aux yeux. Ils ont acquis un savoir-faire indéniable. Je suis tellement fier de mes enfants.

— Je vois Inféra et… Flavie tout en bas, et aussi Ramon, s'enthousiasma Frankie. Quel est l'homme qui se tient près d'Inféra? Est-ce possible? Est-ce mon frère Dévi? Serait-il de retour?

— Est-ce l'homme près de la jolie rousse? demanda Rutha.

Frankie examina l'homme davantage. Il s'attrista. Il lui semblait un peu trop âgé et surtout plus tranquille que son frère.

De fait, personne ne reconnut Philémon qui était à peine plus âgé que Frankie de 180 ans.

— Si c'est lui, il a beaucoup vieilli, affirma l'enchanteur.

— Vite, allons les rejoindre! les convia Morina d'une voix joyeuse.

CHAPITRE 14

LA CONTRIBUTION DE LAUNA

Après que les dragons eurent rentré dans leur cage et après les embrassades, ils furent conviés à la salle à manger pour discuter amicalement. Des fruits et du thé furent servis. Pacifida s'enorgueillit de les voir si beaux, si différents de ses souvenirs alors qu'ils n'étaient ni l'un ni l'autre des enchanteurs ; elle qui n'avait pu leur dire un dernier au revoir lors de leur départ en terres inconnues. Elle ne cessait de les regarder et de les trouver admirables et beaux.

— Tu as de magnifiques ailes, ma chère Nina, lui dit-elle.

— Et je sais voler, répondit-elle en riant.

Elle vola au-dessus d'eux et fit quelques retournements. Lorsqu'elle se posa près de son frère, Pacifida remarqua la mine défaite de son fils.

— Eh bien, mon fils, dit Pacifida pour le dérider, tu es toi aussi splendide.

— Merci, mère, répondit-il sèchement.

Pacifida se mordit la lèvre. Avait-elle manqué de tact ? Visiblement. Une grande tristesse l'accablait.

— J'ai échoué, mère. J'ai échoué ma mission, dit-il d'une voix tremblotante en déposant sa tasse de thé sur la table.

Personne n'osa émettre de commentaire après cette affirmation, sauf Morina qui le complimenta :

— Chevalier Andrick, j'ai maintenant la preuve que toi et ta sœur pouvez dresser ces dragons qu'on disait indisciplinés et malicieux. C'est fantastique ! Enfin, nous avons des dragons qui seront des gardiens et non un embarras.

— Majesté, il est vrai que j'ai un certain talent avec les dragons, répondit humblement Andrick, mais il en va de même pour ma sœur, Ramon, Flavie, Inféra et Philémon.

— Tant mieux, déclara la reine. Plus il y aura de gens comme vous, plus le pays pourra compter sur de précieux aides. J'en étais à me demander quoi faire avec ces dragons. J'ai même imaginé que leur disparition puisse être la meilleure solution.

Les invités prirent alors un air estomaqué.

— Et maintenant, ce jeune homme me prouve que ces bêtes sont de magnifiques créatures dociles et serviables.

Sa joie fut vite brisée par la déclaration fracassante de Nina qui se voulait tout de même joyeuse.

— De magnifiques créatures rapportées par la princesse Launa. C'est là, Votre Majesté, une belle contribution de votre fille !

Tous les yeux se tournèrent vers la jumelle. À l'exception de Flavie, personne ne remarqua le visage grimaçant d'Éxir et de Morina à la suite de ce commentaire pourtant pertinent.

— Nous connaissons les derniers événements malheureux survenus, s'empressa de dire Flavie. La reine Sophia nous a fait un récit détaillé de toutes les épreuves que vous avez rencontrées, ma chère amie Morina.

Elle s'approcha d'elle pour l'enlacer et la réconforter, mais cette dernière se raidit sur son siège et la repoussa gentiment.

— Ma fille n'est plus la jolie et docile princesse, lâcha-t-elle. Will et Launa ont tous les deux des idées de grandeur et de domination. Pourtant, ce n'est pas moi qui leur ai inculqué de telles notions, avoua-t-elle d'un ton froid. Demain, nous aurons une sérieuse discussion entre nous. Nous avons appris du chevalier Monvieux que ni moi, ni mon fils Will, ni Launa, ni Éxir ne pouvons porter la couronne.

— Quoi ? s'étonna Ramon.

— J'ai eu cette même réaction de surprise. L'article 1 de la constitution monarchique est formel sur ce point. Le souverain ou la souveraine doit être dépourvu de pouvoirs de magie.

Tous s'attristèrent et burent en silence leur thé.

Mais il y avait plus encore.

Était-elle en mesure de leur parler du côté sombre de sa fille, de son alliance avec

Malphas ? Elle hésita, puis voulut prendre la parole lorsque Nina lui demanda :

— Qu'en est-il des envahisseurs ?

Elle poussa presque un soupir de soulagement.

— Ils ont fait d'autres apparitions. Deux de leurs membres ont réussi à pénétrer dans la grotte sacrée du lac Cristal. Les chevaliers d'Actinide les ont chassés, mais ils ne sont pas neutralisés. Depuis ce temps, nous n'avons plus eu de signe indiquant un débarquement ou leur présence.

— Demain, que faisons-nous ? demanda Ramon.

— Tu veux dire, que faisons-nous ce soir, où allons-nous rester ? précisa Flavie.

Eh oui, la question se posait. Le manoir Dagibold avait été détruit ainsi que l'antre d'Inféra. Quant à la maison de Ramon et Flavie, elle devait s'être écroulée après 151 ans sans entretien. Où pouvaient-ils demeurer ?

— Eh bien ! dit la reine, si vous n'y voyez pas d'inconvénient, vous pouvez loger au château, dans l'aile des invités, et vos dragnards, à l'écurie. Cette section du château est depuis longtemps fermée. Mes serviteurs iront nettoyer les chambres et feront les lits. Vous aurez accès à votre propre salle à manger, et je verrai à ce qu'une cuisinière et deux servantes préparent vos repas, et à ce que deux ou trois valets rafraîchissent vos vêtements.

Tous acquiescèrent avec soulagement.

— Merci, ma reine, dit Ramon.

Morina rit tristement.

— Je serai reine encore une autre journée. Le plus important, c'est que je sois d'abord et avant tout votre amie. Je crains que des jours sombres soient encore à venir.

Tous approuvèrent en silence.

CHAPITRE 15

TRAHIE

En apprenant de la bouche de sa mère les dernières nouvelles concernant les règles en lien avec l'accession au trône, Launa se sentit trahie. Le rouge empourpra ses joues. Comment sa mère avait-elle pu croire ces balivernes énoncées par le chevalier Galaad ? Pourquoi sa propre mère n'avait-elle pas défendu avec férocité ses droits ? Pourquoi sa mère n'avait-elle pas rejeté du revers de la main les explications farfelues concernant les mémoires du temps, ces écrits censés établir les fondements des différents royaumes ? Les héritiers au

royaume, c'était eux! Il ne fallait tout simplement pas porter attention à ces
stupidités!

— Ridicule, mère! explosa Launa en
ricanant. Totalement burlesque! Tout ça sortant de la bouche même d'un chevalier soi-
disant respecté. Pathétique et grotesque! Et
vous croyez ces balivernes? Je vous croyais
plus intelligente que ça, mère!

Éloy qui prenait part au repas se cha-
grina que sa mère se fasse traiter de tous les
noms. Le plus révoltant était que son beau-
père ne la corrige pas sévèrement ou lui dise
de se taire.

Éxir observait sa conjointe et, lorsque
leurs regards se croisèrent, il lui fit discrètement un signe de la main, l'invitant à
patienter. Ce qui était censé être un repas
de réjouissance pour la fête de Launa tour-
nait réellement en désastre.

Sur la table, il y avait diverses tapenades
crémeuses, des plateaux bien garnis de
légumes, une corbeille remplie de petits
pains, un panier de fruits bien mûrs et des
bouteilles de boisson pétillante. L'enchanteur
étudia le comportement de Will. Ce dernier
trempait avec une grande désinvolture des
bâtonnets de carottes dans les sauces avant

de les croquer bruyamment et d'éructer sans arrêt en raison des gaz du mousseux.

Une heure plus tôt, deux gardes avaient convié Launa et son frère à une réunion familiale sur l'heure du midi. Ils avaient accueilli cette invitation avec un certain scepticisme. Comme c'était son anniversaire, cette dernière crut que c'était pour célébrer ses 12 ans et qu'ensuite elle réintégrerait sa cellule.

Dès qu'elle s'était jointe à eux à la table, elle avait été enchantée d'apprendre qu'elle et son frère étaient libérés. Malgré cette bonne nouvelle, la discussion avait tourné rapidement au vinaigre. Entre les manières disgracieuses de son frère, la princesse avait continué d'être harcelante et insultante pour sa mère.

— Tu pourrais au moins me remercier, dit la reine pour qu'elle cesse ses jérémiades. Je vous absous tous les deux de la tentative d'assassinat…

— Mais moi, mère, je n'y étais pour rien, l'interrompit Wilbras VI. J'ai été accusé faussement et je demande réparation pour les jours passés dans ce caveau à navets en compagnie d'une folle. Je demande une bourse pleine de pièces d'or.

— Hein ? Si lui a une bourse pleine d'or, moi aussi, j'en veux une, se scandalisa Launa.

— Puisque je vous dis que je vous pardonne, coupable ou pas. J'efface tout. Vous êtes libres, s'acharna Morina. Et toi, Wilbras, tu devrais en faire de même : oublier les accusations et les rancunes. Vous êtes libres.

— LIBRES DE QUOI ? LIBRES DE VIVRE DANS LA MÉDIOCRITÉ, hurla Launa.

— Ouin, justement, renchérit son frère.

Éxir s'éclaircit la voix et fit de grands gestes pour leur indiquer de se taire puisque des pas résonnaient en dehors de la salle à manger.

— Je vous demande d'être polis et dignes devant nos serviteurs.

— Peuh ! s'écria-t-elle en signe de protestation.

Puis, les portes de la salle à manger s'ouvrirent. Quatre hommes pénétrèrent dans la salle en tenant des pichets d'eau et de vin, et des plats de service. Deux gardes s'assurèrent de maintenir les portes ouvertes lors du service.

Sans échanger un mot, les serviteurs déposèrent les plats au centre de la table, enlevèrent les plateaux de légumes et les tapenades et se retirèrent au lieu de les servir un à un comme le voulait la coutume.

La reine avait imposé cette consigne, car elle avait pressenti que la rencontre avec ses enfants serait houleuse.

Une fois les portes refermées, la reine fit un signe à chacun d'eux.

— Servez-vous ! dit-elle.

Éloy fut le seul à réagir et à piquer sa fourchette dans une tranche de fromage de chèvre à la ciboulette et à saisir un petit pain à la farine de maïs. De toute évidence, l'atmosphère n'était pas à la fête malgré les pommes de terre rissolées aux fleurs de thym et l'odeur délicieuse des écrevisses au beurre et aux petits pois, un mets festif et rarement servi.

— Allez, mangeons, encouragea Éxir en se versant un grand verre de vin.

— Maintenant que nous sommes à nouveau seuls, dit la reine, je vais aller droit au but. À la mort de mon mari, j'ai cru tout bonnement que l'administration de Dorado me revenait.

— Mais oui, mère, elle vous revient, s'écria Launa. Ce Galaad n'est qu'une vieille canaille, une vieille branche fourchue. Il ment. Le commandement du royaume nous revient à nous, la famille royale. Il faut être complètement idiot pour ne pas le reconnaître. Comment avez-vous cru ces balivernes ? Vous acquiescez à ses dires comme le ferait une vraie arriérée.

— Launa ! s'offusqua Morina du ton insultant et déplaisant de sa fille. Tu divagues. Les chevaliers et les hobereaux purs sont plus nombreux que les enchanteurs. Ils ont la supériorité du nombre.

— Et nous, nous avons la magie, affirma d'une voix forte Launa. Sans oublier que j'ai deux dragons à ma disposition.

Justement, elle n'avait osé lui dévoiler l'arrivée des jumeaux et leur chevauchée fantastique sur ses propres dragons.

— Et tu sais pertinemment que la magie et son utilisation à des fins malfaisantes ne font pas bon ménage, l'avisa la souveraine.

La princesse rouspéta en expulsant de l'air et en faisant vibrer ses lèvres en un long pfff.

— Launa, ça suffit, dit Éxir en se redressant. Ma patience a atteint sa limite. Je ne tolérerai plus un seul mot ni un geste déplacés envers Morina, une femme aimante et très généreuse. Nous sommes ici pour discuter, et tu ne peux insulter ta mère. Une chose est sûre : ce château n'est plus notre résidence. Veuillez en prendre note. Il nous sera prêté jusqu'au jour où un successeur sera assermenté ou qu'un remplaçant à votre mère sera désigné. Entre-temps, votre mère a les fonctions de dirigeante.

Rouge de colère, Launa jeta sa serviette sur la table et se leva. Éxir pointa sa main vers elle. Une douleur puissante la scia en deux. Elle s'agenouilla et râla de douleur.

— Éxir, s'alarma la reine.

— Choisis, Launa ! Tu restes et tu demeures sage ou tu tentes de partir, et je t'inflige ce châtiment à nouveau, s'adressa-t-il froidement à sa belle-fille.

— Je reste, croassa-t-elle.

Éxir la libéra de cette correction. En se relevant, elle lui jeta un œil mauvais lui signifiant qu'il ne perdait rien pour attendre. Il la fixa et, par son expression, elle comprit son message : « Essaie pour voir. » Pendant un court instant, il régna un silence oppressant. Puis, la reine reprit la parole :

— Je disais qu'il nous faut envisager un départ. Logiquement, ce serait au domaine des Charmes, mais le manoir a été détruit. Il ne reste qu'une solution : le Collège de la magie.

— Chouette, s'écria Éloy. Il y a des glaces extraordinaires, surtout celles au chocolat.

L'enthousiasme d'Éloy eut pour effet d'exaspérer Wilbras. D'un geste colérique, il planta le couteau de son couvert dans la table. Le choc violent de la lame d'acier au contact du bois ébranla les dîneurs.

— IL N'EN EST PAS QUESTION, hurla-t-il. Je ne suis pas un enchanteur et je ne le serai jamais. Tout ça sent le coup monté pour nous faire accepter de force ces mensonges. Je n'y adhère pas, mère. Comme je ne suis pas un enchanteur, je vais suivre le seul choix possible pour moi. J'irai vivre auprès de ma bien-aimée, Miranda.

Et dire que la souveraine pensait que ses enfants comprendraient la situation. Eh bien, c'était loin d'être le cas. Décidément, tous les deux n'admettaient pas que la couronne ne leur revienne pas. Une boule d'émotions monta en elle et se coinça dans sa gorge.

— C'est comme tu le veux, mon garçon, dit la reine d'une voix cassée. Et toi, Launa ?

— Je vais m'établir au lac Noir avec mes deux dragons.

— Mais, ma chère enfant, les lieux sont inhospitaliers. L'odeur de ce lac est si nauséabonde. Personne ne voudrait bâtir une quelconque résidence à cet endroit.

— S'il le faut, je le ferai moi-même, de mes propres mains. Je bâtirai mon palais, pierre sur pierre.

Will rit et dit d'une voix sarcastique :

— De tes propres mains, alors que tu n'as jamais cousu un seul bouton.

— Et en plus, tu n'as pas la maîtrise de tes dragons, contrairement à Andrick et Nina, ajouta Morina.

Sans le faire exprès, elle s'était échappée. Peut-être qu'inconsciemment elle voulait lui transmettre qu'eux excellaient alors qu'elle stagnait ; pire, elle avait croupi en prison.

— QUOI, ANDRICK et NINA ? se choqua Launa. ILS SONT ICI ?

— Oui, tous les deux étaient beaux à voir avec les dragons Gord et Drak, ajouta Éloy sans mesquinerie. Quelle aisance ! Je n'ai jamais vu de dragons, ni de dragnards, voler si légèrement et si doucement.

— TOUS LES DEUX ONT VOLÉ SUR MES DRAGONS ? fulmina-t-elle.

— Oui, Launa, répondit doucement la souveraine en espérant qu'elle se calme.

— OÙ SONT-ILS MAINTENANT QUE JE LES ÉCRABOUILLE ? cria-t-elle, rouge de colère.

— Qui ça, tes dragons ?

— NON, MÈRE, CES INTRUS !

Le mal était bien en elle. Morina ne savait plus comment s'en sortir. Cette enfant n'avait aucun sens de l'empathie, de la compassion et de l'humilité. Le mal l'habitait. Sa fille n'aspirait qu'à une chose : dominer au point de faire souffrir tous ceux qui l'entouraient.

— Ils logent ici même, au château, ainsi qu'Inféra, Philémon, Ramon et Flavie, précisa Morina en glissant dans son assiette de belles écrevisses décortiquées et des pommes de terre. Allez, mangez pendant que c'est chaud !

La souveraine passa l'assiette de service à Launa qui se rebuta et croisa ses mains sur son abdomen en signe de protestation. Will étira son bras et la saisit. Probablement plus affamé qu'elle, il en prit une généreuse portion, puis servit Éloy avant de donner l'assiette à Éxir. La princesse essayait de

maîtriser ses émotions tant bien que mal.
Elle était désespérée. La colère avait fait
place au chagrin.

— Tous les deux ont monté mes dragons, mes dragons à moi ! se plaignit-elle
d'un ton larmoyant.

Will grimaça en souriant. Sa peine le
réjouissait. Il aurait bien voulu en profiter
pour l'attrister davantage, mais ce n'était pas
une bonne carte à jouer après tous les
méfaits qu'il avait accomplis au cours de
l'année.

Puis, Launa redressa la tête et ravala ses
larmes. L'indignation la saisit.

— QUI EN A DONNÉ L'AUTO-
RISATION ? hurla-t-elle.

— Personne, répondit Éxir. Nous étions
à discuter à huis clos lorsqu'ils sont arrivés.
Ils ont dû attendre dehors. Ils ont vu les dragons, et ces derniers se sont montrés très
dociles.

Un pli se forma sur le front de Launa.
Normalement, elle aurait monté sur ses
grands chevaux. Cependant elle trouva très
étrange qu'Andrick et Nina chevauchent ses
dragons à elle, alors qu'ils devaient revenir
avec leurs dragons, les cinq dragons.

— Et leurs dragons? D'après ce que vous m'avez raconté, les jumeaux étaient partis à la recherche de dragons.

— Oui, mais par une circonstance qu'on ignore, informa Morina, les dragons les ont quittés à quelques kilomètres de la rive de Dorado.

Launa jeta un éclat de rire puissant et diabolique.

— Ah oui! Andrick, le sauveur, ricana-t-elle en reniflant fort. Elle est bien bonne, celle-là. Il aurait dû rester où il était, loin de nous. Ce n'est qu'un pauvre type; aucun dragon ne l'a suivi. Vraiment, trop drôle! Nous logeons sous notre toit des ratés. Ha! Ha! Ha!

Devant la mine défaite de sa mère et la face grimaçante d'Éxir, l'appétit lui revint. Elle étira la main et prit du pain et du fromage pour se faire une tartine qu'elle dévora en riant.

— Que tu peux être méchante, ma fille! Les dragons reviendront, ce n'est qu'une question de temps. Hier, en soirée, Éxir, Frankie, Pacifida et son mari, Valdémor, Rutha et moi avons rencontré Andrick et leurs compagnons. Je les ai avisés que je quitterais mes fonctions d'ici peu et que sire

Olibert de la Source serait le roi intérimaire jusqu'à ce que des compétitions soient instaurées pour choisir un nouveau souverain.

— Andrick, vous le voyez partout. C'est avec lui que vous avez discuté du sort du royaume et non avec nous. ATTENDEZ-VOUS QUE JE RIPOSTE, MOI, LA FILLE DU ROI WILBRAS V! s'écria Launa. Je sais, ma magie n'est pas aussi élégante que la vôtre, mère, mais je vais me perfectionner et, un jour, je vais vous défier. On verra si votre magie est aussi puissante que vous le dites. Quant à Andrick, il est mieux de se tenir loin de mes dragons, même si vous dites QU'IL AURAIT DU TALENT AVEC MES DRAGONS. QUE JE NE LE VOIE PAS UNE AUTRE FOIS EN ENFOURCHER UN! Lui aussi, il tombera mortellement, foudroyé par mes pouvoirs. Sur ce, je vous quitte, ne vous en déplaise, mère, dit-elle avec sarcasme.

Elle se leva et partit en refermant la porte avec fracas. Éloy geignit tandis que Morina mit un coude sur la table et appuya sa tête contre sa main. Elle avait une terrible migraine. Will, qui suçait une patte d'écrevisse, s'esclaffa bruyamment.

— Pourquoi ris-tu ? lui demanda la souveraine en redressant la tête.

— Eh bien, elle croit qu'elle a du pouvoir alors qu'elle a eu peur d'un petit corbeau qui était dans sa cellule. Ha, ha, ha ! Vous auriez dû la voir crier comme une perdue. Trop drôle !

Éxir et la reine frémirent en entendant qu'un corbeau s'était tenu près de Launa. Ils comprirent que cet esprit malsain rôdait encore autour du château sous la forme d'un oiseau. Il était loin d'être mort.

— Un corbeau ? s'étonna la reine. Quel corbeau ?

— L'autre jour, ricana Will en brisant la carcasse de l'écrevisse, un corbeau a réussi à se glisser dans sa cellule. Vous auriez dû la voir, mère. Dès qu'elle l'a aperçu, elle s'est mise à crier comme une folle. Alerté par les cris déments de ma sœur, un des gardes a vite fait de tuer l'oiseau. Pfiiit ! La flèche l'a transpercé en plein cœur. Vous auriez dû voir le visage apeuré de ma sœur à la vue de la dépouille plumée qui gigotait au bout d'une flèche. J'en ris encore.

« Malphas est encore vivant, songea la reine. Par quel miracle réussit-il à survivre ? On le tue, et il se refait comme le phénix qui renaît de ses cendres. Arriverons-nous un jour à l'anéantir à tout jamais ? Sinon, je crains que Launa ne poursuive son rêve de m'exterminer, ainsi que tous ceux qui lui barreront la route vers la royauté. Je n'aurais pas dû lui parler d'Andrick et de sa réussite à chevaucher Gord. Au lieu d'en être contente, elle est furieuse. Il sera le premier sur sa liste de gens à faire disparaître. Elle n'a pas fini de me surprendre. Hélas ! Je crains que ma générosité du fait de l'avoir libérée se retourne contre moi. Sa place était vraiment au cachot pour l'éternité. »

CHAPITRE 16

RÉPONDRE À L'INSULTE

Launa se réfugia dans sa chambre doublement insultée. Elle n'avait réussi à faire avec Gord que de piètres envolées. Elle sortit une mallette et la déposa sur un meuble bas.

— Je n'ai plus rien à faire ici. Aussi bien partir maintenant! gémit-elle à voix haute en jetant brutalement un châle dans la valise.

Elle regrettait deux choses : le ciel couvert et la venue de la saison froide dans un mois ou deux. D'ici peu, le vent, la pluie et le froid prendraient de plus en plus de vigueur. Des larmes lui coulèrent le long des joues.

— Où vais-je rester pour passer l'hiver? se plaignit-elle en plaçant des vêtements chauds.

— Je connais un endroit délaissé où vous pourrez vous prélasser sans souci, dit une voix fluette.

Elle sursauta et se retourna vivement. Derrière elle, elle ne vit personne.

— Qui va là?

— Votre prince, ma reine, répondit-il en évitant de faire allusion à l'image effrayante de sa métamorphose en corbeau, je suis celui à qui vous vous êtes adressée au lac Noir.

En quelques secondes, les images de cette rencontre datant de quelques semaines lui revinrent. Elle s'était plue à rêver qu'elle serait la reine d'un domaine situé loin du Vouvret, cette chaîne de montagnes qui était aux dires de chacun infranchissable, mais pas totalement puisqu'il existait maintenant deux passages : l'un par les montagnes que les chevaliers du Pentacle avaient traversées, et l'autre par la mer depuis que le dôme de protection n'existait plus.

— Ah oui, mon prince, dit-elle avec sarcasme, celui qui est grand, mince, élégant, aux yeux bleus et aux cheveux bouclés noirs, n'est-ce pas? Celui-là même qui m'a promis que je prendrais possession d'un château bâti avec de magnifiques pierres obsidiennes, mais pas tout de suite, seulement des années plus tard. Comment être sûre que vous êtes aussi beau que votre plumage?

— Tout à fait ça, répondit-il sans se laisser froisser par cette raillerie insultante concernant son plumage.

» SAUF QUE JE SUIS ENCORE UNE AUTRE FOIS AFFAIBLI PAR VOTRE FAUTE, poursuivit-il, choqué. Ne vous en déplaise, belle princesse, le délai d'attente s'allongera.

— Par ma faute!? Hein!

— Oui, toutes les fois que je me présente à vous sous la forme d'un corbeau, vous vous mettez à crier comme un putois. Mais pourquoi cette peur maladive de moi?

— Pas de vous, mais de l'oiseau. Je les déteste. Ils ont un air méchant, et leur bec est pointu et aiguisé.

— Puisque je vous dis que le corbeau, c'était moi. Pourquoi avoir peur d'un petit oiseau inoffensif? Il ne peut rien vous arriver.

— Mais si, hoqueta-t-elle. J'en ai peur au point de trembler de tous mes membres. J'ai peur de son bec acéré, j'ai peur qu'il vienne me perforer les yeux, arracher mes cheveux et me piquer dans le cou.

— Jamais je ne vous ferais ça ! railla-t-il, agréablement enchanté de la voir apeurée et souffrante.

— Je sais, mais comment savoir que c'est vous et non un vrai corbeau ?

— La prochaine fois, je lancerai trois petits cris. Coa, coa, coa. Ça vous va ?

— Je ne sais pas. J'ai peur des corbeaux. Un point, c'est tout, dit-elle toute tremblotante. C'est un détestable oiseau, un porteur de malheurs.

Pour se débarrasser de l'image du volatile maléfique, elle saisit la brosse à cheveux sur sa coiffeuse et la plaça avec rage dans la mallette.

— Il faudra vous y faire, ma belle, parce que c'est la seule façon dont je dispose pour me transformer et passer inaperçu. Je vois que vous voulez partir dès maintenant. Pourquoi ne pas attendre que je reprenne plus de forces ?

— Ils se sont tous ligués contre moi. Je n'en peux plus de les voir, surtout le grand

Éxir, ce grand enchanteur blafard et maigre avec ses longs cheveux noirs hideux. Je le déteste.

— Un peu de patience, ma douce. Lorsque l'ennemi est uni, il suffit de le diviser.

— Bien pensé mais, lorsqu'on est seule contre trois adultes, qu'est-ce qu'on peut y faire ? Comme vous voyez, j'inclus mon frère Will.

— Il suffit de se montrer plus fin qu'eux. En plus, vos dragons ne sont pas encore prêts pour nous suivre, je veux dire, pour vous suivre.

— Oui, je sais, ragea-t-elle en refermant la valise avec force. Argh ! cet Andrick qui est apparu dans le décor, et dire qu'il a plus de facilité que moi à les chevaucher. J'aurais préféré qu'il crève en chemin avec sa jumelle.

— Oh ! Que de haine ! J'adoorrrre ! ricana la voix en roulant le *r*.

Elle le chercha du regard. Elle ne vit qu'un courant d'air qui passa le long des rideaux, qui fit vaguer le couvre-lit et qui lui fit soulever les cheveux. Elle se crispa.

— Arrêtez à la fin, vous m'énervez.

— Je suis votre prince charmant Malphas, rigola-t-il, tout à vous pour vous servir.

C'était la première fois qu'elle entendait son nom. Elle avait toujours oublié de le lui demander.

— Malphas, répéta-t-elle doucement. Malphas, c'est un joli prénom.

Ce prénom aux consonances douces lui plaisait ; pourtant, ce prince était loin d'être charmant. Tout ce qu'il voulait, c'était prendre assez de vigueur pour acquérir la dracontia, que Kaal savait où trouver. La dernière fois, le mage avait pris la forme d'un cerf.

Le prince Noir croyait que ce dernier avait le pouvoir de se métamorphoser en d'autres créatures. Chaque fois qu'il voyait un animal au comportement étrange, il était convaincu que c'était lui. Or, il ignorait que c'était la seule métamorphose possible pour lui. Il ne pouvait que se changer en cerf, tout comme lui ne pouvait se changer qu'en corbeau.

— Je crois savoir où vous pourrez vous installer en ma compagnie, si vous le voulez bien, avant que je ne redevienne le prince que je suis.

Launa esquissa un pâle sourire. Elle se sentit aimée et respectée par cet être qu'elle estimait bienveillant, alors qu'il était une créature manipulatrice et sans scrupules.

— Bien sûr, se réjouit-elle.

— Vous ai-je déjà parlé du mage Kaal?

— Euh, oui, je crois.

Le nom lui disait quelque chose.

— Il se cache près du lac Cristal, mais où exactement, je ne le sais pas. Il existe de nombreuses grottes dans le coin; plusieurs sont sombres et humides. Je les ai toutes visitées, croyez-moi. J'ai usé mes ailes à les inspecter. Il y en a même une très surprenante. Le sol, les murs et même le plafond sont recouverts entièrement d'actinide, une pierre brillante qui me cause des nausées et me donne le vertige. Par bonheur, sur le chemin du retour, j'ai trouvé une ancienne chaumière située au sud du domaine du Verger de la Pomme d'or. C'est un ancien refuge de dresseurs de dragons. Tout près, il y a une immense grotte aux parois en pierres jaunes où les dragons étaient hébergés. Cette chaumière est passablement en bon état, et la grotte sera parfaite pour vos dragons.

— Comment savez-vous que c'est un refuge de dresseurs de dragons?

— Il y a des avantages à se transformer en courant d'air. J'ai pénétré à l'intérieur de la chaumière. Sur un des rayons de bibliothèque, j'ai trouvé des livres avec des connaissances théoriques et pratiques sur le dressage de dragons. Nous irons là-bas dans quelques jours. D'ici là, je vais prendre des forces et vous, belle princesse, surveillez cet Andrick et surtout apprenez à mieux maîtriser vos dragons. Si lui le peut, vous le pouvez aussi.

Launa s'adoucit davantage. Il avait raison.

— Comme vous dites, je n'attendrai que quelques jours?

— Oui, seulement quelques jours, dit-il d'une voix mielleuse.

Il se réjouit qu'elle soit si facile à manipuler. Bien qu'elle soit adorable, il n'avait qu'un désir : prendre des forces et s'emparer de son âme. Il l'avait lu dans un vieux grimoire intitulé « Tous les secrets de la magie noire », il y a de cela de nombreuses années : en faisant appel à un démon puissant, il pourrait se reconstituer et redevenir le prince Noir d'autrefois, le prince séduisant et amoureux de la vie et de la bonne nourriture. Pour ce faire, il n'avait qu'à offrir l'âme d'une victime au Seigneur des enfers, à Satan, au tout-puissant maître du feu. Cette âme était devant lui, celle de cette jolie princesse naïve et pleine de rêves impossibles. Il avait envie de rire aux éclats. Il faillit s'étouffer de joie, surtout lorsqu'elle lui annonça d'une voix résignée :

— D'accord ! Je vais me familiariser davantage avec mes dragons et, au moment opportun, nous visiterons ce refuge.

— Voilà qui est raisonnable. Toute cette longue conversation m'épuise. Je dois me retirer. D'ici un jour ou deux, je devrais être en meilleure forme.

— Rassurez-vous, vous m'avez convaincue de rester. Je vais questionner cet Andrick afin de le faire parler. Peut-être sait-il quelque chose sur la dracontia ?

— Bien dit, ma princesse. C'est ça ! Montrez-vous aimante et passionnée envers vos magnifiques dragons ! Montrez-lui que vous avez un point en commun, l'amour de vos dragons noirs, et que vous pouvez partager avec lui cette passion. Je suis sûr qu'il va alors vous faire des confidences, et à nous la dracontia !

— Hum… réfléchit-elle.

— Est-ce que je peux compter sur vous ? demanda-t-il en tourbillonnant légèrement autour d'elle.

— Ouais, je vous le promets. Mais comment pensez-vous opérer ?

— J'ai mon plan, faites-moi confiance. Pour l'instant, je dois me reposer.

Il virevolta sur lui-même. Puis la brise frémissante mourut. Il n'était plus là.

Des conversations animées et joyeuses provenaient de l'extérieur. Elle ouvrit la fenêtre et perçut tout en bas un attroupement. Parmi les gens, elle reconnut les jumeaux Dagibold, O'Neil, Pacifida et le reste de la troupe. Malgré la rage qui lui montait au nez, elle décida de les rejoindre et de se montrer, autant qu'elle le pouvait, gentille et aimante. Elle se couvrit les ailes avec un magnifique châle doré.

Mais la gentillesse l'abandonna rapidement dès qu'elle fut à quelques mètres de lui.

— Bonjour, dit-elle en regardant d'une manière hautaine Andrick.

— Bonjour, princesse Launa, répondit le jumeau.

Il la reconnut immédiatement. Nonobstant ce qu'il savait de la tentative d'assassinat de sa mère (ce qu'il trouvait inadmissible), il ne put s'empêcher d'admirer sa beauté et son visage déterminé. Son châle glissa négligemment de ses épaules, découvrant le haut d'une aile rose, une couleur associée à l'amour et à la douceur, des qualités certainement opposées à celles de la jeune Launa. Andrick sourit devant l'incomparable magnificence de la princesse.

Sans trop comprendre la raison du rictus en coin de son vis-à-vis, dès qu'il vit les ailes d'un rose qu'elle considérait disgracieux, Launa replaça le châle avec vigueur et le serra contre elle. Elle aurait préféré des ailes bleutées comme celles de sa mère ou, à la limite, noires comme celles de ses dragons et de son dragnard, Frenzo. Ironiquement, Nina avait des ailes bleutées et transparentes, comme sa mère, une couleur qu'elle jugeait plus intéressante que ce rose bonbon.

— Je sais, dit-elle, j'ai d'affreuses ailes roses.

Le groupe réagit et s'interrogea sur son comportement étrange et si différent des autres fées qui, en général, étaient fières de leurs ailes et ne songeaient pas à vouloir les tenir cachées.

— Mais elles sont adorables, se risqua Nina.

— Non, elles sont d'un affreux rose, répéta-t-elle en grimaçant.

Puis, elle se souvint des paroles de Malphas. Elle devait s'efforcer d'entretenir une belle amitié. Elle se pinça le bras sous son châle et arbora un large sourire. Elle ajouta d'un ton se voulant mielleux :

— Je ne suis pas venue pour parler de moi. Ma mère m'a grandement parlé de votre habileté, à tous les deux, à chevaucher MES dragons, dit-elle en mettant involontairement l'accent sur le « mes ».

Elle admit que son ton était belliqueux. Elle corrigea son erreur.

— Je veux dire, les dragons. Quelle agréable surprise de vous voir maîtriser aussi rapidement, vous et votre sœur, des bêtes sauvages et aussi féroces !

Les jumeaux ne savaient pas si c'était un compliment ou un reproche, compte tenu de ce ton subitement si doux. Andrick utilisa une approche diplomatique.

— En effet, ce sont de superbes bêtes, très rapides et très vigoureuses.

— Vous semblez avoir plus que moi le tour de les chevaucher.

— C'est ce que mon père m'a dit. Je peux vous le montrer si vous le voulez.

Elle se félicita de sa bonne initiative. C'était justement à cette réaction qu'elle s'attendait. Elle s'approcha de la cage et tendit la main au travers des barreaux d'acier vers Gord, mais ce dernier en décida autrement. Il se déplaça vers Andrick. Launa fronça les sourcils.

— GORD, ICI ! cria-t-elle en furie.

Le jeune dragon maintint sa position près de l'adolescent.

— Je veux chevaucher Gord et nul autre que Gord, insista-t-elle en se plaçant près du jeune porteur du pentacle.

— Comme vous voulez, répondit Andrick. Je vais prendre l'autre, celui qui a des ailes striées de bleu.

— Il s'appelle Drak, indiqua O'Neil. Jusqu'à ce jour, il m'a semblé aussi sauvage que l'autre.

— Pas pour nous, père, précisa Nina. Nous avons eu cinq dragons à maîtriser, beaucoup plus gros et imposants, et je dois vous dire que ça n'a pas été facile tous les jours.

Launa en profita pour lui lancer la question assassine.

— Et où sont-ils maintenant, vos cinq merveilleux dragons, que je puisse les admirer ? demanda Launa d'un ton railleur.

Inféra n'apprécia pas sa façon caustique de leur parler. Elle la foudroya du regard et lui dit :

— Pour l'instant, on ne le sait pas, mais ils reviendront ; ça, c'est sûr.

La princesse lui répondit par un sourire moqueur, ce qui la fit grogner. Andrick se moquait bien de ce discours creux ; il tendit plutôt la main vers Drak.

— *Soigon Drak*[1], dit le jumeau. *Markou, grupta*[2] ?

Launa frémit. Il parlait le langage dragon-fée parfaitement. Avec de jeunes dragons, il était toujours préférable de leur parler dans leur langue, cette vieille langue démodée et très peu développée. Avec le temps, le

---

1. Bonjour, Drak.

2. Je te demande, veux-tu voler ?

dragonnier et le dragon ne font qu'un, et cette langue devient alors presque inutile, voire du folklore qu'on transmet de génération en génération pour le plaisir.

Launa comprit qu'il venait de saluer le dragon et qu'il l'invitait à voler avec lui. Elle pâlit de jalousie. Drak hennit et se cambra d'en arrière et d'en avant en signe d'excitation. Quant à Gord, il émit un grondement rauque de déception du fait de ne pas avoir Andrick comme cavalier. Déjà, un éclair de jalousie jaillit des yeux de Gord. Le jeune porteur perçut son désir. Il se tourna vers lui et lui dit délicatement :

— *Lit, rino*[3].

Gord se calma, car il avait compris qu'il serait le prochain. Le jumeau fit signe à son père d'ouvrir la cage. Tout doucement, il l'ouvrit, et Drak se présenta le premier dans l'ouverture en frétillant et en ouvrant grand la gueule. Andrick sourit et, en plaisantant, lui lança d'un ton joyeux :

— *Sil nargi no lim*[4].

Inféra, Philémon et Nina s'esclaffèrent, tandis que Flavie, Ramon et Pacifida sourirent discrètement et se préparèrent à

---

3. Toi, tu seras le prochain.

4. S'il te plaît, ne me mange pas.

contrer l'attaque possible en posant la main sur leur baguette magique.

Toutefois, la princesse ne la trouvait pas drôle du tout. Elle grimaça de dégoût. Elle trouva la plaisanterie bien enfantine. Quoi qu'il en soit, les dragons sortirent de la cage d'une façon très disciplinée. O'Neil souleva un des harnais et le tendit à son fils. Docile, Drak inclina sa tête vers le porteur, qui lui caressa le dessus du museau.

— *Lim mical*[5], dit-il en lui glissant la bride.

La princesse ricana en pensant que trop de gentillesse ne pouvait que nourrir l'égo des bêtes et les rendre trop indépendantes et pas assez obéissantes. Aussi, elle se convainquit que tous ses gestes précautionneux n'avaient aucune utilité. Elle plaça la bride, les sangles et la selle sans dire un mot. Puis, elle enfourcha son dragon et attendit qu'Andrick monte le sien. Ce dernier prenait son temps et n'arrêtait pas de dire à Drak de nombreux *hurr oute*[6] et de le caresser. Puis, il l'enfourcha doucement.

— *Grupta thar*[7], lança le jumeau en lui donnant une petite tape amicale sur son cou.

---

5. Je suis ton ami.

6. T'es une gentille bête.

7. Vole plus haut ou envole-toi !

Sans attendre, Drak allongea les ailes et fit ce que demandait son cavalier. En un seul battement, il se souleva de trois mètres, et tout autant d'un autre battement, avant d'allonger le cou et de s'envoler à grande vitesse. Avec la délicatesse d'un cygne et la vitesse d'un faucon pèlerin, il se déplaça en décrivant de grandes arabesques suivies d'un vol en ligne droite très rapide, pendant que Gord restait au sol à admirer les prouesses de son frère. Il s'arma de patience, car, selon lui, sa cavalière ne lui avait pas encore ordonné de partir. Elle préférait tirer et claquer les courroies sur son cou sans dire un mot, ce qui provoquait chez lui un chatouillement agaçant.

Finalement, il atteignit le seuil de sa tolérance. Fatigué de ces tiraillements, il s'envola brusquement. Étonnée, Launa roula vers l'arrière. Heureusement que la selle possédait un dossier haut. Gord battit des ailes avec vigueur et monta en flèche, presque à la verticale. La princesse n'apprécia pas cette position du dos à l'horizontale face au sol. Elle cria :

— *Grupta geru*[8].

Elle marmonna entre ses dents :

— Gros idiot !

---

8. Vole à l'horizontale.

L'animal comprit l'ordre et le marmon-
nement. Car les dragons ont une audition
hypersensible et entendent même les mur-
mures les plus légers. Il cessa son ascension
pour voler à l'horizontale comme elle l'avait
commandé, mais il le fit d'une façon si
abrupte que ce changement de direction la
fit s'aplatir brutalement sur son cou et lui
donna une forte nausée. Heureusement
pour elle, ce malaise se dissipa une fois
qu'elle fut en position normale de chevauchée et qu'elle se redressa.

Docile, Gord volait en ligne droite à
haute vélocité. Elle apprécia la puissance de
ses battements et surtout son obéissance,
même un peu trop empressée. Puis, il
ralentit son allure et vint rejoindre Drak. Ils
volèrent côte à côte, le mouvement des ailes
en parfaite synchronisation comme de
vrais frères jumeaux. Puis, Andrick fit accélérer sa monture et amorça des vrilles. Il
s'amusait comme un petit fou à pratiquer
avec le dragon des boucles avant et arrière,
ainsi que des piqués spectaculaires en lui
ordonnant de rabattre les ailes.

Launa fit du surplace et examina les
pirouettes de son adversaire. Elle n'était plus
du tout la princesse qui se voulait conci-

liante, comme l'avait souhaité Malphas. Elle ragea de le voir si à l'aise. Déterminée à lui prouver, ainsi qu'à la foule qui contemplait d'en bas son savoir-faire, elle claqua avec force les sangles au cou de son dragon et lui cria : *nu rebra*[9]. Gord décida de se payer la tête de sa cavalière et jugea que ce serait 15 vrilles consécutives, peu importe ce qu'elle lui ordonnerait. Après tout, elle ne lui avait pas dit combien elle en voulait.

Dès la troisième vrille, elle eut un haut-le-cœur. Comme elle était incapable de parler, Gord poursuivit ses vrilles. Entre deux montées de bile, elle réussit à hurler lors de la dernière vrille :

— *Dakom*[10], gros idiot.

Gord ne se fit pas prier. Il atterrit en freinant de ses pattes arrière et en s'accroupissant carrément, ce qui fit balancer d'arrière en avant Launa. La princesse se cogna durement la colonne vertébrale. Encore assommée, elle essaya de cacher son malaise. Elle parvint à se détacher de la selle et tomba involontairement au sol. Elle se releva et marcha en chancelant.

Fort heureusement, personne ne la vit chuter, ni tituber, car les yeux des

---

9. Fais des vrilles.

10. Atterris !

spectateurs étaient rivés sur l'autre dragon qui effectuait des figures acrobatiques des plus spectaculaires.

Andrick continua les pirouettes qui firent émettre des oh et des ah d'admiration à l'attroupement grandissant réuni près de la cage. Morina et tout un groupe de servantes, de gardes et d'autres curieux s'étaient joints au groupe initial et applaudirent à tout rompre les exploits du jeune chevalier et de son dragon Drak.

Ce fait choqua davantage Launa. C'est ainsi qu'un désir sournois grandit dans son esprit. Elle souhaita ardemment sa mort, une mort souffrante et lente, mais pas tout de suite puisqu'elle avait promis à Malphas de l'aider à trouver la dracontia.

CHAPITRE 17

LE TUE-LOUP

— Mon frère, il faut te méfier de Launa.
— Je sais, Nina. Je la sens très négative, dit Andrick.

Il lançait alors des morceaux de poissons séchés et quelques petits mammifères tués aux dragons dans la cage métallique.

À leur grand déplaisir, Gord et Drak préféraient les lapins et les rongeurs, autant que possible vivants, aux poissons. Andrick détestait assister à leurs mises à mort sous les puissantes mâchoires bien garnies de dents carnassières.

— Plus que ça, je dirais qu'elle t'en veut. Je dirais même qu'elle te désire dans un sommeil éternel.

En effet, elle ne pouvait pas mieux exprimer ce qu'il ressentait en sa présence.

— Je sais, chère sœur. J'ai bien vu hier sa figure lorsque je suis descendu de ma monture sous les applaudissements de la foule. Elle était verte de jalousie.

De fait, Andrick ignorait que son teint était vert pour une raison bien simple. Elle souffrait d'étourdissements et de nausées, en raison de la chevauchée ahurissante de Gord.

— Tu le méritais, tu as été fantastique. C'est bien ça qui la fait rager autant. Elle a un esprit obscur. Je suis sûre que Malphas le sent, et il doit être dans les parages.

— Tu as raison. Je vais être sur mes gardes.

Remise de ses maux et assise à sa coiffeuse, Launa brossait ses cheveux avec rage.

« Ah, cet Andrick ! Il me désespère. Comment m'en débarrasser ? »

Elle envisageait de découvrir une toxine efficace et rapide, en tout cas plus efficace que celle de l'Aminata Virosa qui avait servi pour sa mère. Bien que sa tentative d'empoisonnement de la reine ne se soit pas avérée positive, elle continuait à croire qu'un poison mortel ferait l'affaire. Elle décida d'entreprendre sa recherche à la bibliothèque royale. Elle glissa un ruban rouge dans ses cheveux et fit une boucle près de son oreille gauche. Elle s'admira, mais il manquait un objet pour compléter son bonheur. Il manquait un diadème en or décoré de pierres précieuses pour remplacer le bout de tissu dans ses cheveux. Pourquoi pas une pierre noire à sa couronne, une couleur qui l'enchantait?

« La dracontia. Et si la dracontia était à moi et non à Malphas, murmura-t-elle en souriant. Je la verrais bien orner ma prestigieuse couronne et non un petit diadème. »

C'est d'un pas léger qu'elle se rendit à la bibliothèque royale. Arrivée à l'endroit voulu, elle marcha de long en large devant les étagères lorsqu'un petit livre à la couverture sombre sur la plus haute tablette l'intrigua. Il était inaccessible, même en se mettant sur la pointe des pieds et en étirant le bras.

Elle essaya de voler de ses propres ailes, mais l'instabilité de son vol ne lui permit pas de faire du surplace et d'agripper le livre. Elle fit glisser l'échelle coulissante installée à un rail et grimpa. Elle saisit le livre titré : *Plantes maléfiques et mortelles*.

— Hé, c'est ce qu'il me faut, un livre de plantes maléfiques. Hi, hi, hi. Enfin, je vais trouver ce dont j'ai besoin. Mon cher Andrick, j'ai l'honneur de t'annoncer que tes derniers jours sont comptés, railla-t-elle.

Encore dans l'échelle, elle le feuilleta et repéra l'illustration d'une plante qu'elle connaissait déjà.

— Hein! Ça pousse comme de la mauvaise herbe autour du château.

Eh oui, elle poussait allègrement dans les plates-bandes du palais ainsi que dans les clairières et au bas des montagnes. Excitée, elle lut avec avidité la description de la plante, et savoura les contre-indications et les précautions à prendre pour cette plante hautement toxique.

— Wow! C'est un arsenic végétal, dit-elle à haute voix. C'est exactement ce qu'il me faut, joli aconit.

Elle lut avec délice un passage historique.

— « Jadis, les chevaliers enduisaient la pointe de leurs flèches avec un extrait de racines et de feuilles pulvérisées pour s'assurer de la mort certaine de leurs adversaires. » Ouais, c'est ce qu'il me faut, ha, ha, ha ! Je vais de ce pas en cueillir et préparer cet extrait. Un jeu d'enfant.

Trop contente, elle embrassa le livre avant de le remettre au même endroit. Presque en sautillant, elle sortit de la bibliothèque sans s'apercevoir que quelqu'un était déjà là avant qu'elle n'entre. Caché derrière une colonne, il l'avait épiée et n'avait perdu aucun mot de son monologue. Il comprit qu'elle mijotait un sombre projet pour Andrick et qu'il devait en informer la reine. Il attendit longtemps avant de sortir.

Tout à fait décontractée, Launa se rendit à la cuisine. Les servantes la saluèrent. Sans démontrer de malice ni de mauvaise intention apparente, elle leur fit part de sa demande.

— Est-ce que je peux emprunter un panier d'osier et une paire de ciseaux pour cueillir des fleurs ?

Brigitte, la très dévouée servante de Morina, trouva cette requête plus que bizarre. Elle lui remit un panier et des ciseaux en lui demandant :

— Des fleurs pour votre chambre ?

— Oui, je vais cueillir de jolis aconits ; ils parfumeront et décoreront ma chambre.

La servante la regarda avec méfiance, et Launa fronça les sourcils. Se rendant compte que la requérante ne comprenait pas son comportement, Brigitte lui expliqua :

— J'ai bien peur de vous décevoir, princesse. Ces fleurs ne sont pas odorantes et, en plus, il vous faudra faire attention et porter des gants, car les aconits sont des plantes toxiques, voire mortelles.

Face à ces remarques très pertinentes de la servante, Launa en resta abasourdie. Comment une simple domestique pouvait-elle savoir cela ? C'était donc un secret de Polichinelle que cette plante ait le puissant pouvoir de tuer. Elle se contenta d'émettre un long aaah !

Devant son air ébahi, Brigitte ajouta :

— On l'appelle aussi «tue-loup» du fait que des habitants utilisaient l'aconit pour tuer les loups et aussi les loups-garous très présents à la pleine lune. Toutes les parties de cette plante sont vénéneuses. Si vous ne portez pas de gants, assurez-vous de ne pas avoir de coupures à vos mains avant de la toucher, princesse !

«Vraiment, je suis bien la dernière à ne pas connaître les effets de cette plante, songea-t-elle. J'en suis à me demander si ça vaut la peine de la cueillir.»

— Merci du conseil, indiqua Launa en hochant la tête. Je ferai très attention.

Dès que Launa disparut de la cuisine avec le panier et les ciseaux, Brigitte alla alerter la souveraine, trop troublée par le comportement inattendu de la princesse.

En entendant les allégations de la servante, Morina comprit que sa fille avait encore une fois l'intention d'attenter à la vie de quelqu'un, mais de qui s'agissait-il ? Ce ne pouvait pas être elle puisque, d'ici peu, elle ne serait plus souveraine. Il n'y avait donc aucune raison de vouloir sa mort, mais la servante pensait le contraire.

— Elle vous a dit que les fleurs étaient pour décorer sa chambre ?

— Oui, ma reine.

Un pli soucieux se creusa à son front.

— Merci Brigitte, vous pouvez disposer.

Qu'est-ce qu'elle pouvait y faire ? Avec la pierre savante du Collège de la magie, qui était cependant à des milliers de kilomètres, elle aurait pu connaître tout ce qui se tramait contre elle ou une autre personne. Elle était bien embêtée lorsqu'Éxir pénétra dans le salon, très énervé.

— Ah, tu es ici, Morina ! Je te cherchais partout.

— Qu'y a-t-il, mon amour ?

— J'ai vu Launa à la bibliothèque il y a de cela à peine une vingtaine de minutes. Je serais arrivé plus tôt si Éloy ne m'avait pas croisé et demandé un petit service.

— Et alors ?

— Eh bien, elle se pensait seule et a dit à haute voix ce qu'elle s'apprêtait à faire, dit-il d'un trait. Je pense qu'elle a encore des idées…

La reine leva sa main pour interrompre son discours.

— Inutile de gaspiller ta salive, Éxir. Je devine son intention.

— Tu le sais? s'étonna-t-il.

— Brigitte vient de m'informer de son intention de cueillir des aconits, des plantes très toxiques.

— Ah! Et tu ne fais rien pour l'en empêcher?

Elle le regarda avec surprise.

— Tu ignores que ma magie est plus puissante que la sienne. Je saurai me protéger.

Il sourit et devina qu'elle ne savait pas tout.

— Mais, ma douce, il ne s'agit pas de toi, mais d'Andrick, annonça-t-il. Elle veut s'en prendre à lui et non à toi.

— Mais qu'est-ce qui te fait dire que c'est pour Andrick? demanda-t-elle, surprise qu'il conclue que la princesse en voulait au porteur du pentacle.

— Brigitte n'a fait aucune allusion à la personne à qui était destiné ce poison, n'est-ce pas? demanda-t-il.

— Non, bien sûr.

— Morina, dit-il en saisissant tendre-
ment ses mains. Comme je le disais plus tôt,
ce n'est pas à toi qu'elle en veut, mais à
Andrick. Lorsqu'elle est entrée en coup de
vent à la bibliothèque, je m'apprêtais à sortir.
C'est presque un miracle que nous ne nous
soyons pas retrouvés face à face ou, pire
encore, frappés l'un contre l'autre. J'ai juste
eu le temps de me faufiler derrière une
colonne. De là, j'ai pu l'observer. Mais le plus
surprenant, c'est lorsqu'elle s'est mise à
parler à haute voix. J'en suis presque tombé
à la renverse. Naturellement, elle se croyait
seule dans la grande bibliothèque, au point
de ricaner et de dire tout haut ce qu'elle pensait. Je l'ai clairement entendue dire : « Mon
cher Andrick, tes derniers jours sont
comptés. » C'est à cause du pentacle, ma
chérie. Elle veut acquérir le pentacle. Je ne
vois pas d'autres raisons d'en vouloir à
Andrick.

— Oh, tu as parfaitement raison. Il faut
l'aviser de partir immédiatement afin de
trouver la pierre manquante, une pierre qui
lui assurera une protection complète.

Sans le vouloir, Morina allait précipiter
Andrick dans la gueule du loup, car un léger

courant d'air souleva les pans de tissus décorant le bureau de la souveraine. Se baladant dans la pièce, Malphas se délectait. Il longeait les murs ou voltigeait au plafond en faisant bien attention de ne pas trop exprimer sa joie.

— Oui, c'est ça! Connais-tu l'endroit où cette pierre serait cachée?

Enfin, il allait savoir où se trouvait la dracontia et, par le fait même, où vivait Kaal, mais sa joie fut de courte durée lorsqu'il entendit les propos de la reine :

— Non, Éxir. Kaal est le seul à connaître l'emplacement secret de cette pierre. Je le sais très vieux. Peut-être est-il décédé?

— Tu crois? s'alarma Éxir.

— Avise Andrick de partir sur-le-champ au sud du lac Noir. Il habitait non loin de Wadyslaw et du domaine du Verger de la pomme d'or. Où exactement? Je n'en sais rien; même ses enfants Sophia et Léomé ne le savent pas. Par mesure de protection, il ne leur a jamais divulgué l'information. Sa vie a toujours été en danger en raison de cette pierre noire. Elle l'est encore davantage aujourd'hui. Il est le seul à connaître exactement où se trouve la dracontia.

— Tu as raison. Elle est recherchée, cette fameuse pierre. Pourvu que Kaal soit encore de ce monde.

— Oui, pourvu qu'il le soit !

CHAPITRE 18

LE COMPLOT

— Où êtes-vous? demanda Launa une fois rendue dans sa chambre. Je sais que vous êtes ici, même si je ne sens aucun courant d'air, même si je ne vois aucun corbeau dans les parages. Allons, dévoilez-vous!

« Argh! songea-t-elle. Il sait comment me rendre folle, cet oiseau de malheur. »

— Êtes-vous là?

Aucun signe de lui n'était perceptible. Elle commençait à désespérer à force de l'appeler ainsi depuis plusieurs minutes, lorsqu'il se décida à lui répondre.

— Qui ça, moi ? ricana-t-il.

— Oui, vous, Malphas, dit-elle en déposant son panier plein d'aconits sur son bureau. Où étiez-vous ?

— À la fois nulle part et partout, ricana-t-il.

Elle soupira d'exaspération.

— De quoi voulez-vous me parler, belle princesse ? demanda-t-il d'un ton condescendant.

Comme il connaissait déjà son plan, par le biais de la conversation de la reine avec son conjoint, il s'amusa à jouer à l'ignorant.

— Voilà, j'ai tout ce qu'il faut pour exterminer cette vermine d'Andrick. Je le ferai dès que j'aurai en ma possession cette pierre, indiqua-t-elle en admirant le gros bouquet dans son panier.

Poursuivant sa comédie, il prit un ton de dégoût en lui disant :

— Des fleurs !? Vraiment ! Je ne veux pas vous décevoir, mais… je ne connais personne qui soit mort en recevant un coup de gerbe de fleurs sur la tête.

— Je le savais, ricana-t-elle. Ah, ah !

— Vous saviez quoi ?

— Que vous ne saviez pas tout.

«Oh! Oh! Oh! se dit-il. En plus, elle se laisse piéger.»

— Hum… fit-il en se plaçant derrière elle et en lui faisant relever les cheveux sur sa droite. Et alors, qu'est-ce que j'ignore?

Un peu agacée, elle abaissa ses cheveux et pivota sur elle-même vers la droite en direction d'où la voix semblait lui provenir. Elle s'adressa à lui :

— Imaginez, cette plante est un puissant poison. C'est pourquoi je porte des gants de cuir pour manipuler mon bouquet.

— Ah, j'avais remarqué vos superbes gants. Je pensais que vous les portiez par marque de politesse envers moi, lui murmura-t-il à l'oreille gauche.

Ce chuchotage à son oreille l'irritait au plus haut point. Elle se retourna vers lui en espérant converser face à face avec l'être invisible. Une légère ondulation du rideau lui fit comprendre qu'il était de nouveau à droite. Décidément, il se moquait d'elle. Cette nouvelle habitude de tourner autour d'elle l'énervait au plus haut degré.

— Arrêtez de vous déplacer, se choqua-t-elle. Je vous parle très sérieusement et dignement.

— D'accord ! dit-il en se plaçant devant elle et en s'efforçant de ne pas rire.

— Voilà, je vous explique !

Elle prit un bol en acier et, de ses mains gantées, elle arracha les feuilles des plantes.

— Il suffit de faire macérer les racines et les feuilles 24 heures dans de l'huile d'olive. Cette huile deviendra un puissant poison. Naturellement, ce poison sera destiné à Andrick, ce cavalier qui se pense bon dragonnier. Vous voyez, c'est simple comme bonjour.

— En effet. C'est simple. Sauf qu'Andrick est déjà parti.

— Quoi ? se choqua-t-elle.

— C'est l'avantage d'être un courant d'air. Lorsque vous étiez dans la bibliothèque, Éxir y était aussi. Il a entendu vos manigances dont vous parliez à haute voix.

Launa grogna et le tutoya aussitôt en vociférant son mécontentement :

— ET TU M'AS LAISSÉE PARLER ALORS QUE TU SAVAIS TOUT !

— Désolé, princesse. J'avais le goût de me divertir.

— À mes dépens !

— Oublions ce petit moment de diversion et oublions surtout ce poison inutile. Nous devons partir.

— Mais où ? lui demanda-t-elle.

— Tout arrive trop vite. Je suis trop faible et, quant à vous, en quelques minutes tous les enchanteurs connaîtront vos intentions. La belle servante aux cheveux blonds a tout raconté.

— Brigitte ?

— Je crois que c'était ça, son nom. Je n'ai pas prêté attention à son identité. Tout ce que je sais, c'est qu'Andrick recherche la pierre que nous recherchons aussi. Il faut le ralentir en attendant que je prenne plus de forces, mais comment ? Ah ! Il faudrait un appât. Quelque chose d'inattendu.

Le cri des deux dragons très affamés lui fit penser à une ruse qu'il avait déjà utilisée pour attirer sa victime, une enfant. Il associait privation de nourriture à privation de sa progéniture. Les deux suscitaient une terrible douleur physique ou psychologique.

Justement, il avait vu dans la cuisine un nourrisson.

— Hum… j'ai peut-être la solution.

— Ah oui, vous avez la solution ?

— Peut-être bien, voici mon plan.

Quelques minutes plus tard, en accédant à ses appartements, la reine remarqua la porte ouverte de la chambre de Launa. Intriguée, elle s'y dirigea. Elle y vit les fleurs abandonnées, le bol et des gants au sol. Elle en déduisit qu'elle avait délaissé l'idée de faire un extrait et avait en tête une autre stratégie tout aussi machiavélique.

— Il manque un objet, réfléchit tout haut Morina. Ah! le panier qui a servi à transporter les fleurs. Mais… pourquoi est-elle partie avec un panier vide?»

En descendant l'escalier, elle rencontra son conjoint et lui en parla. Lui aussi en resta interdit.

— Il doit bien y avoir une explication, lui dit-il.

— As-tu envoyé les pigeons voyageurs?

— Oui, ma bien-aimée. D'ici quelques heures, tous les enchanteurs seront prévenus. Cette fois-ci, il nous faut l'anéantir à tout jamais, ce Malphas.

— Et pour Launa?

— Je n'en sais rien. C'est votre fille.

— Il lui faudra une monture pour mettre en œuvre son plan, les dragons ou Frenzo? se demanda Morina.

— Frenzo, répondit Éxir. Il sera plus discret.

— Excellente déduction, Éxir. Avisons Caius, dit le fouineur, et Olivon, surnommé très justement l'astucieux, de surveiller ma fille. Je les sais tous les deux discrets et très loyaux.

— Excellent choix. J'entends les dragons rugir dans leur cage. Il ne faudrait pas qu'ils se mettent eux aussi à nous causer du trouble. Je vais aviser O'Neil de les nourrir.

— Oui, et moi, je préviens Brigitte d'instruire Caius et Olivon en espérant qu'il n'est pas trop tard. Je vais chercher de quoi les payer.

En arrivant à son bureau, une désagréable surprise l'attendait. Elle trouva la grande armoire débarrée, celle où elle mettait les papiers les plus importants du royaume. Les documents étaient en grande partie éparpillés sur le plancher. De toute évidence, le voleur ne cherchait aucun document officiel, il recherchait autre chose : le lourd contenant placé au fond du meuble. Il avait tout jeté par terre avant d'accéder au coffret de sécurité.

«Quoi? Quelqu'un a osé s'introduire dans mon bureau.»

En s'approchant du meuble, elle constata l'absence de la caisse.

«Où est mon coffret? se demanda-t-elle en le cherchant. Il ne doit pas être très loin. Il est trop lourd pour qu'on s'enfuie avec lui.»

Elle le retrouva derrière une chaise, complètement éventré. Le malfaiteur l'avait défoncé en utilisant un pied-de-biche. Évidemment, il était vide. Les maigres revenus du royaume s'étaient envolés.

«Il ne s'agit pas d'un acte de magie, à la manière dont le coffre s'est fait éventrer, murmura-t-elle. Donc, ce n'est pas l'œuvre de Launa. Mais diable, pourquoi avait-il besoin d'autant d'argent?»

Sans hésitation, elle soupçonna son fils Will. «Mais qu'est-ce qu'il trame encore, celui-là?» songea-t-elle.

Pourtant, dans la vie de tous les jours, le troc était beaucoup plus populaire à Dorado que le commerce avec des pièces d'or. Toutefois, depuis quelques années, une tendance se développait de plus en plus pour ce type d'échange où il n'y avait nul besoin d'apporter avec soi une quantité de biens pour en recevoir un autre ou quelques autres. Il suffisait de quelques pièces d'or ou de quelques pierres précieuses, dans un gousset attaché à sa ceinture, pour acquérir les biens convoités.

« Ah! se plaignit la reine. Ce commerce de biens avec de l'or et des pierres précieuses sera bientôt notre perte. Les gens voudront engranger de plus en plus d'argent. La cupidité, c'est ça la plus grande menace de l'homme! Je le vois trop bien avec mon fils Will. »

Un peu plus bas, Launa faisait les cent pas dans la buanderie du palais. Malphas avait raison. L'appât était une idée intéressante à la condition de bien l'exécuter. Mais voilà, il ne lui avait donné aucun détail. Soudain, elle interrompit ses allées et venues. Il était temps d'y aller avant que tout le monde s'interroge sur son absence. Il était presque midi.

Elle prit dans la buanderie deux belles serviettes blanches, qu'elle déposa dans son panier d'osier, et s'en alla vers les cuisines en passant par l'extérieur. La chance lui souriait. La porte de livraison de marchandises était ouverte. Elle en profita pour se faufiler à l'intérieur du garde-manger et se cacher derrière un gros baril d'huile. Le mur séparant le garde-manger et la cuisine était une mince paroi en planches où quelques nœuds séchés avaient fini par tomber, créant ainsi de petites ouvertures.

Par un de ces trous, elle remarqua la petite Éléonore qui dormait bien sagement dans son couffin en osier à quelques mètres d'elle, de l'autre côté de la paroi. « Tu dois t'emparer de la petite, la jeune enfant de la servante Marilouva », avait dit Malphas.

« Je veux bien, mais comment ? » se demanda-t-elle derrière le gros baril d'huile. Comment la prendre sans que personne ne s'en aperçoive et sans que la petite ne se réveille, ne se mette à pleurer et, de ce fait, alerte tout le château ? Elle se rappela que Morina lui avait dit combien elle aimait le miel alors qu'elle était un bébé. Qu'il suffisait qu'elle suce un morceau de coton trempé dans cette substance sucrée pour qu'elle se calme et s'endorme lorsqu'elle était irritable.

Dans le local chargé de nourriture, elle aperçut sur une tablette un pot de miel et un gros melon allongé de la taille de l'enfant. Elle sourit de malice. Elle s'apprêtait à sortir de sa cachette pour saisir le melon et le pot de miel lorsqu'une vieille dame entra et fit sauter maladroitement le couvercle du tonneau d'huile, qui tomba rudement sur la tête de la princesse. Elle lâcha un petit cri de douleur qui ne fut pas entendu par la vieille dame à moitié sourde.

— Vite, vite, cria-t-elle aux autres servantes. Il est presque midi, et les pommes de terre ne sont pas encore rissolées.

— Justement, Albertine, vociféra une voix provenant de la cuisine. Est-ce que ça vient, cette huile? J'attends après toi, vieille caille.

— Oui, oui, hurla-t-elle. T'es toi-même une vieille caille pourrie. Tu sauras que je ne suis pas sourde. Biquette, il est presque vide, ce tonneau!

Elle dut se pencher pour atteindre le fond du gros baril avec sa louche. En se relevant, elle se cogna la tête contre le rebord, ce qui ébranla le tonneau et fit craindre à Launa qu'il ne se renverse et qu'elle ne soit découverte.

Qu'aurait-elle eu à répondre alors qu'elle était cachée derrière cette barrique, un panier et des serviettes à la main? Qu'elle était venue chercher du pain alors que le château fourmillait de servantes et de serviteurs pour répondre à leurs besoins ? Son explication risquait de paraître vraiment farfelue.

— Ayoye ! Maudit tonneau, dit Albertine tout en donnant un solide coup de pied sur le gros contenant en chêne. Argh ! Je n'ai pas assez recueilli d'huile. Par la crotte de bique, je vais en prendre davantage.

Elle se pencha à nouveau.

— Albertine, est-ce que ça vient, pour l'amour du ciel ? hurla à nouveau la cuisinière. Je n'ai pas toute la journée pour les cuire, ces pommes de terre !

La femme âgée se releva en n'ayant qu'une moitié de louche qu'elle versa dans un pichet. Fâchée, elle déposa le pichet au sol et reprit le lourd couvercle.

— Que c'est lourd !

Au passage du couvercle, elle heurta à nouveau la tête de Launa par inadvertance. Cette fois-ci, la princesse se mordit la main pour ne pas crier. Puis, la vieille servante s'assura que le couvercle était bien en place sur le tonneau en le frappant avec son vieux soulier qu'elle venait d'enlever. De la poussière sur le couvercle se souleva et vint brouiller les yeux de la princesse.

— Je viens ! cria la femme en retournant à la cuisine.

— Ce n'est pas trop tôt, meugla la cuisinière.

Pour Launa, ce n'était pas trop tôt non plus. La poussière la fit éternuer et larmoyer. Par bonheur, sa toux fut masquée par la folle agitation dans la cuisine. Elle en profita pour faire une pause et attendit le moment idéal pour se lever. Quelques coups de clochette la sortirent de sa torpeur. La cuisinière hurlait et commandait que le service débute. Le bébé pleura. Décidément, tout allait mal.

— MARILOUVA, PAR LES DIEUX DE L'ENFER ET DES CIEUX, cria la cuisinière, OCCUPE-TOI DE TON BÉBÉ ! JE NE LE DIRAI PAS DEUX FOIS.

Rapidement, la jeune femme trottina jusqu'à son bébé, se retrancha dans un coin de la cuisine et donna le sein à son enfant pendant que l'effervescence de servir la famille royale s'intensifiait. Les serviteurs et les servantes étaient si occupés autour de la table de préparation située près des portes de la cuisine que Launa put discrètement se lever derrière le tonneau. Elle éprouva immédiatement des étourdissements. Les deux coups de couvercle par Albertine l'avaient affectée plus qu'elle ne le croyait. Bien qu'il devienne évident qu'elle devait s'emparer du bébé et partir au plus vite, elle s'accorda un autre répit. Elle s'accroupit.

Elle fut récompensée de sa décision. Éléonore s'apaisa rapidement et se rendormit. Sa mère la déposa à nouveau dans son couffin, traversa la cuisine et vint placer le berceau sur le tonneau, puis elle accéléra le pas pour venir aider les autres à dresser les plats de service.

Launa se réjouit de voir le bébé à portée de bras. Dans un des interstices, elle jeta un coup d'œil à la cuisine. Ils étaient tous débordés et se criaient entre eux des jurons pour que le service s'accélère. « Voilà ma chance, c'est maintenant ou jamais ! » se dit-elle.

Elle se redressa et prit le melon qu'elle mit près du berceau. Puis, elle trempa un chiffon propre dans le miel. Elle souleva la petite. Cette dernière émit un petit cri. La voleuse lui colla doucement contre les lèvres la boulette de coton imbibé de miel et la déposa dans son panier. La petite lécha le liquide gluant et s'apaisa. Puis, Launa glissa le melon dans le couffin et le recouvrit de sa couette. Insatisfaite que le melon soit de taille inadéquate, elle mit quelques pommes pour simuler la présence d'Éléonore dans le lit de bébé.

À la dérobée, elle quitta les lieux avec Éléonore dans son panier, qui savourait le miel alléchant. Nerveuse, elle se rendit aux écuries en prenant mille précautions pour ne pas se faire surprendre. Elle regarda dans tous les coins de l'étable ; personne n'y était. Le temps fuyait. Tremblotante, elle harnacha Frenzo et s'envola en direction du lac Cristal avec le nourrisson.

Du haut des airs, elle contempla le château Mysriak et n'en revenait pas d'avoir réussi son coup. Elle vit sire Dagibold nourrir ses dragons. Elle eut un petit pincement au cœur à la pensée de se séparer d'eux. Elle n'avait jusqu'à ce jour pas été assez attentive à Gord et Drak ; peut-être en payerait-elle le prix ?

Tout allait pour le mieux, sauf qu'elle n'avait pas prévu que le ciel se couvre et qu'un orage violent se prépare.

Elle ne vit pas non plus que, derrière elle, deux dragnards volaient très discrètement. L'astucieux et rusé Olivon avait graissé les pattes arrière de Frenzo d'un mélange d'huile, de purée de premières myrtilles et de prunes rouges, des petits fruits très prisés par les dragnards en ce début de septembre. Grâce à l'odorat hors du commun de leurs dragnards, il fut donc facile pour Caius et Olivon de suivre les traces de la princesse à une bonne distance.

CHAPITRE 19

LES PRÉTENTIONS
DE WILL

Aussitôt arrivé chez Jeanne la Couturière, la mère de Miranda, Will raconta les derniers événements, sa libération permanente et les dispositions de sa mère. Il se vanta de pouvoir accéder d'ici peu au trône. D'après lui, ce n'était qu'une question de jours avant que l'annonce ne soit faite, tout au plus d'ici quatre à cinq jours. Jeanne et Miranda sautillèrent de joie et le félicitèrent.

— Oui, oui, dame et ma douce, ce n'est qu'une question de jours. Olibert de la Source agira comme roi pendant que ma mère et mon beau-père résideront au Collège de la magie.

— Mais pourquoi pas toi immédiatement? s'étonna Miranda qui mettait des couverts sur la table.

— Je sais, ma mère fait une grave erreur en le nommant de façon intérimaire. Évidemment, ce sera pour une courte période. Il n'a ni mes connaissances, ni ma prestance, renchérit Will. Après quelques jours de gouvernance, il fera tant de bévues que le peuple me réclamera à grands cris. Je suis la seule personne compétente à des kilomètres à la ronde. Je suis le seul parmi les nombreux prétendants au trône à posséder de solides aptitudes de dirigeant. Quand bien même ils étudieraient pendant des années, ils ne m'arriveraient pas à la cheville. Je suis de loin le plus compétent.

Complètement obnubilée par lui, Miranda se mit à rire, et sa mère fit de même.

— Il est curieux que votre mère fasse une si grave erreur, s'inquiétait Jeanne. Je la sais intelligente et attentive au bien de son royaume. Quel relâchement! Partir et s'avouer vaincue.

C'était à son tour de rire, car sa bien-aimée et cette dame ne devaient d'aucune façon savoir qu'il était un croisé et que tout croisé, selon un stupide article de la constitution monarchique, ne pouvait absolument pas accéder à la couronne. Quelle insulte! Il était un croisé, comme une vulgaire crocote, ce chien-loup issu du croisement entre un chien et une louve ou un loup et une chienne.

— Je sais, ricana-t-il. Ma mère veut tellement bien faire les choses, les faire de façon transparente et intègre. Peuh! Ce n'est qu'une façon de faire, une parmi tant d'autres. Moi, je prône les compétences d'abord. Inutile de faire perdre autant d'argent au royaume en instruisant des idiots ne connaissant rien à l'art de la guerre et de la gouvernance d'un pays. Il est vrai qu'actuellement, je ne peux accéder à ce rôle en portant de simples vêtements ne représentant pas ma valeur ni mon intelligence.

Déposant sur la table un assortiment de pains et de fromages, la dame l'interrompit.

— Ma parole, c'est bien trop vrai! Je tombe des nues. Comment se fait-il que je n'y aie pas pensé? Demain, mon brave, dès la première heure, j'irai chez le marchand de tissus et je vais vous acheter les plus belles étoffes qui mettront votre beauté et vos charmes en valeur.

— Hum… j'aimerais bien de la soie.

— Certainement, mon prince, de la soie. Mais je crains… mon prince que…

Pendant que la belle Miranda lui versait du vin, il comprit l'allusion de la dame. Aussi, il dénoua la plus petite des trois bourses accrochées à sa ceinture et la lui lança.

— Ne soyez pas inquiète ; voilà, dit-il. Il devrait y en avoir assez pour défrayer les achats ainsi que votre travail.

Elle lorgna le gousset et eut un petit rire nerveux. Puis, elle le saisit.

— Oh ! je ne voulais pas que vous me payiez pour mon travail, mais seulement pour l'achat des tissus et des ornements. Toutefois, ce n'est pas de refus, dit-elle en soupesant la pochette de cuir.

Elle l'ouvrit, et ses yeux s'agrandirent. C'était la première fois qu'elle en voyait autant. Il y avait là assez de pièces d'or pour se bâtir un palace.

— Mais… mais… c'est beaucoup trop.

— Ce n'est rien, mentit Will puisqu'il avait vidé le coffret de sécurité. Lorsque je serai roi, vous en aurez comme ça tous les mois.

Will ouvrit ses bras pour que la belle Miranda vienne s'asseoir sur son giron. Elle l'embrassa et rit de joie.

Un peu plus tard durant la journée, Wilbras décida d'aller à une auberge en compagnie de sa douce pour prendre un pichet de bière. La première heure se passa bien, mais Will prenait de plus en plus de bière et il commença à perdre sérieusement la tête. Il chantait à tue-tête en se claquant les cuisses et en tapant du pied.

— Tant qu'il y aura de la bière *icitte*, tant qu'il y aura une femme sur mes genoux, je suis un homme au septième ciel, chantait-il d'une voix grinçante.

Plusieurs lorgnèrent vers lui et grimacèrent de déplaisir. Un ancien soldat le reconnut. Il se rappela à quel point il était cruel et autoritaire lorsqu'il était sous son commandement.

Comme Will était vulnérable en raison de son état d'ébriété avancé, l'ancien officier de milice décida de s'amuser à ses dépens. Il fit venir l'aubergiste et lui fit part d'une suggestion.

— Voilà, mon brave, dit-il en lui glissant un gros écu dans sa main, j'aimerais que tu ajoutes à ta bière ta meilleure eau-de-vie, histoire de faire taire cet oiselet chantant.

L'aubergiste acquiesça. Ça lui faisait plaisir de l'enivrer davantage vu que Will chantait terriblement faux. Mais l'ancien soldat désirait non seulement le rendre ivre, mais aussi lui accorder, de son point de vue, un traitement royal. Il attendit patiemment que Will tombe en bas de sa chaise, ivre mort. Il ne lui fallut qu'une dizaine de minutes pour que les paupières du prétendant au royaume ne se ferment.

Il s'écroula aux pieds de sa douce. Miranda se leva, inquiète. Comment allait-elle revenir à la maison avec une personne aussi saoule?

— Oyez, braves gens, pouvez-vous m'aider? Mon amoureux n'est pas en état de marcher jusqu'à notre demeure.

Le soldat se leva. Il fit semblant d'essayer de le relever en le soulevant par le haut du corps.

— Belle dame, dit-il. Un homme saoul est plus difficile à transporter qu'un vieux matelas tout mou. Je vais demander à deux autres braves de m'aider.

Elle s'attrista et lui dit :

— Sire, soyez à l'aise de le faire.

— Belle dame, je sais où vous demeurez ; partez devant ! Votre bien-aimé est entre bonnes mains. Ne soyez pas inquiète si nous prenons notre temps. Nous aussi nous avons un peu trop bu.

La dame le remercia, trop heureuse de quitter cette auberge aux odeurs de bière persistantes.

— Merci, sire ! Je vous attends chez moi.

Aussitôt après qu'elle eut tourné le coin de la porte, le colosse fit signe à deux autres personnes qui, elles aussi, reconnaissaient leur ancien chef.

— Je crois que ses vêtements ont besoin d'une amélioration, rigola-t-il.

— Ouais, répondit un des gaillards en gloussant. Il faut rehausser sa prestance et sa musculature. Vas-y, Thierry.

Ce dernier acquiesça et sortit un canif. Il s'amusa à mettre en charpie ses vêtements. Il se releva et admira son œuvre. Pourtant, le résultat final ne le satisfaisait pas encore assez.

— Hum... rigola-t-il. Je n'aime pas sa coupe de cheveux, un peu trop féminine, pas assez virile. Qu'en pensez-vous ?

— Tu as parfaitement raison, répondit l'autre homme. Il a l'air d'un garçonnet.

Plus d'une vingtaine d'hommes entourant Thierry rirent grassement et l'encouragèrent à poursuivre son travail.

Une heure plus tard, Miranda s'inquiéta que son amoureux ne soit pas encore chez elle. Elle ouvrit la porte une vingtième fois. Elle porta son regard au loin lorsqu'elle aperçut une forme enroulée sur le côté du perron en pierre. Malgré la pénombre, elle reconnut son bien-aimé. Lorsqu'elle le ramena vers elle, elle le relâcha et se mit à hurler.

CHAPITRE 20

L'EAU DORMANTE

Une pluie tenace et ennuyeuse freinait le déplacement des chevaliers du Pentacle. Ils firent un arrêt près du domaine du Verger de la Pomme d'Or. Sous la ramure de gros chênes, des gouttelettes d'eau réussissaient à s'infiltrer et à tomber sur eux à un rythme régulier. Tous assis en rond, Nina fut la première à remarquer le visage déprimé de son frère.

— Qu'y a-t-il, mon frère ? demanda-t-elle. Tu as l'air si songeur.

Après un délai de quelques secondes, il répondit :

— Rien, dit-il avec langueur.

— Pourtant, ce n'est pas ce que tu dégages, fit remarquer Inféra. Tes yeux sont hagards, comme perdus dans le lointain.

— J'ai… articula-t-il difficilement, j'ai une phrase qui ne cesse de toupiner dans ma tête.

— Ah, s'étonna Ramon. Une phrase, tu dis bien ?

— Oui.

— Et quelle est cette phrase ?

— Hum… elle me dit de me méfier de l'eau dormante. Je n'ai aucune idée de quoi il s'agit.

— Curieux ! réfléchit tout haut Flavie. J'aurais cru qu'il te faudrait te méfier d'une personne, mais pas d'une eau dormante. Euh…

— À quoi penses-tu, ma femme ? lui demanda Ramon.

— Il n'y a qu'une place où l'eau est si dormante qu'elle en est de couleur sombre et d'une odeur répugnante.

— Le lac Noir, annonça son conjoint. En effet, elle dort depuis des éternités. On raconte beaucoup d'histoires mais, réellement, personne ne sait pourquoi elle est si noire et si puante.

— Peut-être parce qu'une personne lui a jeté un sort et qu'elle cache un trésor? suggéra Inféra.

— Peut-être bien, dit Ramon en frottant sa barbe rousse. Mais j'en doute! Cacher un trésor dans un endroit aussi inhospitalier... hum... quoique... après tout, ce n'est pas si fou que ça, ma fille. On dit même qu'un monstre y dort.

— Un monstre!? s'étonna Inféra.

— Oui, ça me revient : méfiez-vous de l'eau dormante, car un monstre y sommeille. C'est pour cette raison que personne n'aime ce lac.

— Oui, c'est vrai! s'exclama Nina. Mon père nous a toujours dit de ne pas nous approcher de ce lac maudit.

Au même moment, à mi-chemin entre le domaine du Verger de la Pomme d'Or et le domaine Dagibold, Launa atterrit dans une clairière. Effervescente, elle attacha Frenzo à un arbre en lui laissant beaucoup de corde et prit le panier.

— Ne t'inquiète pas, je ne serai pas partie très longtemps, haleta-t-elle.

Frenzo gémit. Il n'aimait pas être attaché à un arbre et, surtout, il n'aimait pas les environs. Même si ils provenaient de deux ou trois kilomètres de l'endroit, des effluves nauséabonds de moisissures parvenaient à ses narines. Elle lui fit signe de se calmer. Il s'allongea au sol et planta son museau contre les écorces d'un sapin odorant.

La cavalière hésita à le quitter et à s'aventurer plus loin. Aux aguets, elle scruta les environs. À part le bruit de la pluie sur le feuillage, tout était calme ; aucune présence animale ou humaine n'était perceptible. Pourtant, elle se sentait épiée et avait peine à respirer. Son cœur battait à tout rompre, et ses lèvres étaient sèches. Elle renversa la tête en arrière pour accueillir l'ondée froide qui lui humectait le visage. Des gouttelettes d'eau vinrent déranger Éléonore qui commença à pleurer. Launa remit du miel sur le morceau de coton et déplaça le poupon vers un endroit protégé par la pluie. L'enfant se calma.

— Bon, se dit-elle, il va falloir faire vite.

Elle chercha ensuite des matériaux pour le scénario élaboré par Malphas. Elle trouva tout ce qu'il fallait : des planches et des tiges souples pour faire un petit radeau. Elle le construisit en peinant et en rageant. Elle n'avait aucun talent manuel et n'osait utiliser la magie de peur de dégrader davantage son œuvre grotesque.

Enfin, elle attacha le dernier segment du radeau. Elle le mit à l'eau et constata avec bonheur qu'il flottait. Elle y déposa délicatement le panier. La plate-forme flottante s'enfonça de plusieurs millimètres. Launa craignit que le radeau coule en emportant sous les eaux la petite, l'appât désigné par Malphas. L'enfoncement du radeau se stabilisa, et celui-ci se mit à flotter tout en étant pratiquement submergé. Elle eut un soupir de satisfaction et donna une petite poussée. L'embarcation dériva jusqu'au centre du lac.

La pluie reprit de plus belle, et le bébé se remit à pleurer, cette fois-ci avec force. Launa sourit. Elle n'avait plus qu'à attendre l'arrivée du brave Andrick.

— Il ne reste qu'à vérifier si c'est le cas, dit Andrick. Peut-être bien que la dracontia se trouve là-bas ? Ce lieu est tellement inhospitalier et répugnant que ce serait un excellent endroit pour le cacher.

Encore en pause près du domaine du Verger de la Pomme d'Or et à l'abri de la pluie, la troupe discutait.

— Je ne vois pas d'autres solutions. Allons-y! dit Ramon en se relevant.

— Et le monstre? se terrifia Inféra.

— Nous lui ferons face si c'est vraiment le cas, répondit Andrick d'un ton rassurant. Mais auparavant…

Il ne finit pas sa phrase. Il se releva et inspecta du regard le boisé et le sol. Il chercha un indice de la présence de Kaal. La reine Sophia lui avait bien dit qu'il viendrait à lui. Pourquoi ne le faisait-il pas maintenant? Pourquoi était-il si discret? Pourquoi le pentacle ne lui révélait-il rien? Pourquoi ne lui envoyait-il pas une bulle contenant une conversation comme il l'avait fait avec sa fille? Ce silence l'angoissait. Est-ce que Flavie avait vu juste? Était-il vraiment au lac Noir?

Il nota que les autres ne montraient pas autant d'inquiétude que lui. Ils affichaient même une certaine indifférence. Ils étaient tous debout, prêts à partir. Alors, il tenta d'éclipser ce tiraillement.

— Allons-y! finit-il par dire.

En s'approchant du lac Noir, ils furent surpris d'entendre les cris désespérés d'un petit
animal piégé. À une cinquantaine de mètres
de là, il devint évident qu'il s'agissait d'un
enfant pleurant à chaudes larmes et non des
hurlements d'un jeune animal.

Ce n'est qu'une fois rendus aux abords
du lac qu'ils remarquèrent un panier
presque au milieu du lac qui flottait sur un
radeau. Philémon fit accélérer son dragnard
et survola au-dessus de l'embarcation de
fortune.

— Il y a un enfant, cria-t-il.

— Mais qu'est-ce que fait ce bébé en
plein milieu d'un lac et sous cette pluie?
s'écria Andrick, qui l'avait rejoint.

— Je n'en sais rien, sauf qu'il faut le déli-
vrer de cet endroit.

Tous les deux se rendirent compte qu'il
était impossible de voler à fleur d'eau et de
prendre le panier sans risquer de le renverser et de faire tomber le jeune enfant
dans les eaux noirâtres. De plus, dès qu'ils
se rapprochaient de la surface de l'eau, les
moindres battements d'ailes des dragnards

provoquaient des vagues, et le radeau tanguait dangereusement.

Andrick conduisit Frivole vers une aire dégagée en bordure du lac. Une fois rendu là, il mit pied à terre. Il enleva rapidement sa tunique et le pentacle. Aussitôt, et sans réfléchir plus longtemps, il se jeta à l'eau. Les autres dragnards se positionnèrent au même endroit.

✤ ✤ ✤

Cachée derrière un bosquet, Launa avait fait un saut en constatant que le jeune chevalier s'était posé à peine à 200 mètres d'elle. Elle fut davantage surprise lorsque les autres se positionnèrent encore plus près d'elle. Il s'en fallut de peu pour qu'elle soit encerclée par la troupe.

Malgré la pluie glaciale qui s'abattait sur son dos, elle transpirait. Elle aperçut le pentacle et, malgré le ciel couvert, l'éclat bleuté et brillant de la pierre de lune la séduisit. «Le pentacle, se dit-elle. Quel bel objet! Pourquoi ne pas prendre le pentacle d'abord et ensuite la dracontia?»

L'objet de sa convoitise était là, à quelques mètres d'elle. Excitée et tremblante de joie, elle se glissa entre les arbustes pour s'approcher en douceur du pentacle. Elle suivait les moindres gestes du groupe et du jumeau.

Dès qu'il se mit à l'eau, Andrick se redressa en criant de dégoût et en crachant. Lors de ce saut rapide, il avait avalé de l'eau poisseuse par inadvertance.

— Vas-y, cria Inféra.

— Oui, vas-y, mon frère, hurla à son tour Nina.

Encouragé, il se remit à l'œuvre en fermant hermétiquement sa bouche. Mais, après quelques brasses, il se mit à se tortiller dans l'eau et à crier.

Quelque chose bougeait sous lui. Il lui fallut peu de temps pour comprendre ce qui se passait. Un animal longiligne l'entourait et l'étreignait. Il battait des mains pour résister à cette emprise qui l'entraînait au fond de l'eau.

Devant cette scène, les autres quittèrent la terre ferme pour s'avancer dans l'eau jusqu'aux genoux et tenter une quelconque manœuvre de sauvetage, mais le rideau de pluie brouillait la scène et les empêchait d'intervenir.

— Andrick ! cria Nina. Est-ce que ça va ?

— Andrick ! hurlèrent les autres, les mains en porte-voix.

Launa esquissa un rictus. « Malphas est là, songea-t-elle. Oh ! il fait tout ça pour moi. Quelle belle distraction ! Il faut que je me dépêche. Ce n'est pas le temps d'hésiter. Je dois m'emparer du pentacle, là, maintenant ! »

Elle se faufila entre quelques maigres buissons et quelques rochers solitaires, et courut sur une courte distance à découvert avant de s'emparer du pentacle aisément. Discrètement, elle rejoignit Frenzo et s'enfuit, laissant les autres se débrouiller avec le bébé au milieu du lac et Andrick aux prises avec un étrange animal sous l'eau.

Andrick présuma que la créature devait mesurer au moins trois mètres. Puissante, elle l'entraînait dans les eaux troubles, vers le centre du lac, vers les profondeurs.

Malgré l'enlacement de son corps par la bête, ses deux bras étaient libres. Se débattant comme il le pouvait, il racla le fond du lac. Il balaya de ses mains le lit et chercha une grosse pierre pour l'assommer. Sa main gauche toucha à un étrange objet rond et doux, comme une sorte de gousset en cuir. Il le saisit sans trop savoir ce qu'il prenait. Profitant d'une pause de la part de la bête, il jeta un coup d'œil et oublia qu'il ne voyait rien dans l'eau noire. Il le glissa dans une de ses poches de pantalon. Puis, l'animal repartit et le traîna encore plus loin. Enfin, sa main droite accrocha enfin le bien convoité : une belle pierre effilée d'une dimension convenable pour sa main.

Dans un effort suprême et avec l'aide de la magie, il parvint à remonter jusqu'à la surface et à se redresser. Il eut juste le temps de prendre une profonde inspiration et de voir la tête de l'animal avant de se faire tirer dans l'eau une autre fois. Il redoubla d'efforts pour se redresser et respirer un autre coup avant que la bête ne l'entraîne sous l'eau en direction du radeau. Andrick parvint à se débattre suffisamment pour prendre une autre inspiration et glisser sur le côté. Dans ses mouvements, il faillit faire renverser la petite construction flottante.

L'eau était si opaque qu'il ne voyait plus la bête. Il frappa à de nombreuses reprises ce qu'il pensait être sa tête. L'animal resserra son étreinte. Ses coups n'étaient pas fatals, malgré la pierre dans sa main. La bête l'entraînait encore vers les bas-fonds. Andrick étouffait ; il avala à nouveau de l'eau au goût à la fois terreux et métallique. Il continua d'asséner des coups et, enfin, il parvint à frapper la tête ; du moins, c'est ce qu'il espérait, car après deux autres frappes, l'étreinte se desserra un peu. D'un bon coup de jambes, il put retrouver pied et sortir la tête de l'eau. La bête était encore accrochée à lui et le dominait. Les yeux du reptile lançaient des éclairs, et sa langue fourchue le défiait. Il avait devant lui un grand serpent d'eau douce. Ce dernier ouvrit sa gueule, laissant voir deux immenses crocs. Puis, Andrick vit une tige de bois passer dans la gueule et transpercer sa tête.

Stupéfait et épuisé, il s'amollit dans l'eau. Avait-il réellement aperçu une flèche traverser le crâne du reptile ? « Si c'est le cas, il n'y a qu'Arméranda qui puisse le faire, pensa-t-il. Elle est la seule chevalière que je connaisse à avoir cette précision de tir. » En effet, un an plus tôt, cette excellente archère avait réussi à tuer Séa, un énorme serpent gardien des Erdluitles, une monstrueuse bête vivant dans une caverne dans les hauteurs du Vouvret.

« Arméranda est ici, songea-t-il. J'en suis sûr. » Cette vision lui insuffla de l'énergie. Il tenta de sortir la tête hors de l'eau, mais la bête n'avait pas dit encore son dernier mot. Elle l'étrangla davantage, et Andrick durcit ses abdominaux du mieux qu'il put pour résister à cette force.

L'animal fit un dernier et faible resserrement avant de le relâcher et de s'enfoncer au fond du lac. Andrick se redressa et lâcha un soupir de soulagement. Étourdi et encore sous le coup de l'émotion, il se plaça derrière le panier et nagea faiblement jusqu'à la rive en poussant devant lui le radeau qui ballottait dangereusement. Après de nombreux efforts, il parvint à s'approcher du groupe qui l'attendait avec anxiété.

Il pleuvait fort. Flavie marcha plus profondément dans l'eau jusqu'à lui et empoigna le panier. Philémon vint aider Andrick à sortir de l'eau. Ramon fit apparaître un chapiteau de protection aux abords du lac. D'un coup de baguette, Inféra habilla le bébé de langes propres et secs, puis elle le déposa dans un tout nouveau berceau. Complètement exténué, Andrick s'écroula d'épuisement en toussotant.

Durant quelques instants, toute l'attention du groupe fut dirigée vers le bébé qui pleurait à chaudes larmes.

Nina fut la première à remarquer son frère allongé sous la pluie battante. Il respirait faiblement.

— Par les dieux, nous l'avons oublié ! Venez m'aider, cria Nina.

Malgré la forte averse, il était crasseux et puait. Philémon le glissa dans un coin du chapiteau. Nina créa un filet d'eau mousseuse qui tomba doucement sur son frère. Elle lava Andrick et il se laissa faire. Lorsqu'il fut propre, elle agita sa baguette, le plaça sur une paillasse et le recouvrit d'une couette. Elle agita à nouveau sa baguette pour s'emparer de ses vêtements souillés et le revêtir de vêtements secs et nets. Elle remarqua une bosse dans la poche de son ancien pantalon. Elle sortit l'objet.

— Andrick, c'est quoi ? lui demanda-t-elle.

À demi conscient, Andrick marmonna de le laisser tranquille. Elle le secoua davantage. Il fit un effort et vit un objet aux allures d'une bourse d'enfant, tellement la taille était minuscule.

— Mes doigts ont accroché cet objet dans le fond du lac. J'imagine qu'il appartient au bébé.

Il se redressa douloureusement. Il chercha l'enfant et quelqu'un d'autre qui ne semblait pas être là. Épuisé, il retomba sur sa paillasse.

— Mais où est Arméranda ? murmura-t-il.

— De quoi parles-tu ? s'étonna Nina. Voyons, Andrick, tu délires. Elle n'est pas ici !

— Qui a visé le serpent ? La flèche ?

— Visé !? Quel serpent ? Quelle flèche ?

— Oui, qui a visé le serpent avec une flèche ?

— Je t'assure, je n'ai vu aucune flèche et encore moins de serpent. Il pleuvait si fort que nous ne voyions que toi et une masse diffuse.

Ne la croyant pas, il se redressa sur son séant.

— MAIS QUI A TUÉ LE SERPENT D'UNE FLÈCHE ? cria-t-il aux autres, convaincu que sa sœur mentait.

Tous le regardèrent d'un air perplexe comme s'il parlait une langue étrangère.

— Je t'assure, aucun de nous n'a utilisé son arc, répondit Ramon.

— Ce qui compte, c'est que le bébé soit bien, et toi aussi, dit Inféra en contemplant le poupon.

Flavie s'intéressa au gousset dans la paume de la jumelle.

— Mais qu'est-ce que tu tiens dans ta main ?

— Je n'en sais rien. Mon frère l'a trouvé au milieu du lac et il croit qu'il appartient au bébé. Est-ce que je l'ouvre ? demanda Nina en s'adressant à son frère sans toutefois le regarder.

Comme il ne répondait pas, Nina constata qu'un sommeil de plomb s'était emparé de lui. Elle chercha alors l'approbation des autres avant de faire quoi que ce soit.

— Vas-y, Nina ! Peu importe que ce soit au bébé ou à une autre créature, nous allons te protéger, dit Flavie en sortant sa baguette.

Les autres firent de même et tendirent leur baguette. Elle l'ouvrit lentement. Dès qu'elle écarta le premier pan de la bourse, elle s'écria :

— Par la salive de bouc !

Chacun y jeta un coup d'œil, et tous s'emballèrent.

Inféra, qui tenait le panier humide, découvrit que la serviette avait une broderie très caractéristique.

— Mère ! cria Inféra.

— Quoi, ma fille ?

— Regardez !

— Mais c'est…, s'étonna Flavie.

Ramon, qui s'était rapproché de sa fille, conclut :

— Je ne vois qu'une explication à tout ça ! Il y a quelqu'un qui nous a tendu un piège et nous sommes tombés directement dedans. Je me demande bien qui ça peut être.

— J'ai ma petite idée, intervint Nina. Et j'aimerais bien confronter cette personne.

— Et le poupon, il serait de qui ? demanda Inféra.

— Pour le savoir, il faut trouver qui a tendu ce piège et si je ne me trompe pas, la personne que je soupçonne a dû prendre un enfant de son entourage, déduisit Nina. C'est peut-être la petite d'une des servantes.

— Bonne supposition, Nina, renchérit Flavie, et pour le savoir, nous devons la confronter. Si je pense comme toi, Nina, la personne se trouve au château.

Inféra prit le poupon de son berceau et le tendit à Nina.

— Vas-y, je crois que tu es meilleure enquêteuse que moi. De mon côté, je vais m'occuper de ton frère.

— Si tu permets, je t'accompagne, indiqua Flavie. J'ai bien envie de voir son minois lorsqu'on la questionnera.

CHAPITRE 21

UNE JOIE ÉPHÉMÈRE

Arrivée chez elle, Launa s'assécha, se changea, plaça le pentacle dans un des tiroirs de la commode et se coiffa. L'air de la chambre était tellement humide et étouffant qu'elle entrouvrit la fenêtre même s'il pleuvait des clous dehors. Elle se présenta pour le repas du soir en prenant un air las et ennuyé. Elle s'assit à sa place habituelle.

— Tu as l'air bien fatiguée, ma fille, demanda Morina. Nous ne t'avons pas vue sur l'heure du midi, ni tout l'après-midi.

— J'ai eu un mal de tête soudain, bredouilla-t-elle comme excuse. J'ai fait une petite balade avec Frenzo.

— Sous cette pluie, une balade ? la questionna sa mère en la fixant durement.

Évidemment, il est vrai qu'une promenade sous la pluie n'est pas un geste souhaitable lorsqu'on souffre de maux de tête. Elle se raidit et se fâcha.

— À ce que je sache, il n'existe aucune loi me défendant de sortir sous la pluie.

— Non, répondit-elle sèchement. Est-ce que, par hasard, tu sais où est ton frère ? Lui aussi s'est montré très discret aujourd'hui.

— Non, mère. Je ne m'intéresse pas à lui.

— Il y a bien des disparitions inexpliquées, ces temps-ci, soupira sombrement la reine.

Elle repensait alors à la découverte du coffret vide et aussi aux dires d'Olivon et Caius qui l'avaient vu partir vers le lac Noir avec un panier.

D'après les explications des deux hommes, ils n'avaient pas pu s'approcher puisqu'il pleuvait trop et que la troupe d'Andrick et de ses compagnons survolait l'endroit. Ils avaient cependant noté qu'elle était revenue sans le panier. Qu'y avait-il dans ce panier ? L'argent y était-il ? Trop intriguée, elle la questionna à nouveau.

— Lors de ta balade, es-tu sortie pour acheter des victuailles ou d'autres choses?

Le service débuta. Un serviteur se pencha, et la reine déposa de belles asperges croquantes au citron et au thym.

— Faire des achats? Quelle horreur!

— Bien oui, dit Éloy, un petit quelque chose pour ta fête.

— Ma fête! Euh... elle est bien bonne, celle-là, s'attrista Launa. J'avoue que je n'y ai même pas pensé.

Un concert de cliquetis d'ustensiles, d'écoulement de breuvages chauds ou froids et de pas feutrés se déroula en toute sérénité, sans qu'aucune parole ne soit échangée. Tout se passait bien, sauf qu'au milieu du repas, des échos d'un bébé en pleurs parvinrent de l'extérieur de la salle à manger. Lorsque les portes de la salle s'ouvrirent, Nina et Flavie se présentèrent à eux en tenant un panier. Launa tressaillit. Elle ne s'attendait pas à ce que deux membres de la troupe se présentent aussi rapidement au palais et contactent la famille royale.

— Désolée, ma reine, de vous déranger en plein repas, dit Flavie les cheveux trempés. Nous avons avec nous un précieux colis qui soulève bien des interrogations concernant son contenu et l'endroit où nous l'avons trouvé.

Quant au contenu, les pleurs de l'enfant ne laissaient planer aucun doute à propos de la présence d'un poupon, mais à qui appartenait-il? La reine n'osa poser la question. Tous les visages étaient tournés vers les nouvelles arrivées, sauf celui de Launa, qui se mordait la lèvre inférieure et fixait son assiette.

— C'est une jolie fillette que nous avons trouvée au milieu du lac Noir, poursuivit Flavie.

— Mais... voyons! s'exclama la reine. Comment cette enfant a-t-elle pu se retrouver là, dans un panier au milieu d'un lac si nauséabond?

— Nous avons notre petite idée, indiqua Flavie. Mais il y a pire.

— Pire!? s'indigna la reine. Entrez, venez vous réchauffer et partager notre repas.

Toutes les deux n'hésitèrent pas et s'assirent près de Launa. Nina mit le berceau entre elles et s'assura que l'enfant était confortable pour dormir. Les serviteurs s'empressèrent de placer les assiettes et les couverts, et de leur servir des vol-au-vent au fromage comme entrée, accompagnés d'asperges.

— Vous dites qu'il y a pire ?

— En effet, répondit Flavie en déposant ses ustensiles après avoir pris une bouchée. Le pire est arrivé.

Personne ne se risqua à poursuivre le repas. Un silence absolu s'installa. Chacun se demandait ce qui pouvait être si effrayant. Même Launa en fut stupéfaite et pensa que son frère Will y était pour quelque chose.

— Andrick n'a plus le pentacle, annonça Flavie d'une voix tragique.

— Comment ? demanda Éxir, devenu livide.

— Le bébé était un appât, annonça Nina calmement. Mon frère s'est jeté à l'eau pour le secourir. Nous étions si concentrés à l'observer que personne d'entre nous n'a vu un malfaiteur s'emparer du collier de mon frère.

— Mais... mais..., balbutia la reine, qui aurait pu planifier un tel acte ? s'étonna la reine, qui commençait à voir un lien très clair entre la balade de Launa et le panier.

— Vous avez raison ; c'est la pire chose qui nous arrive ! s'écria aussitôt Éxir. Il est sûr que les dragons reviendront un jour. Et à qui se présenteront-ils?

— À celui ou à celle qui aura ce pentacle, compléta Flavie. Vous avez tous compris, c'est un vrai problème.

«Tiens! Je n'avais pas pensé à ça, songea Launa en souriant. En plus de Gord et Drak, j'aurai à ma disposition les cinq dragons. Vraiment! Oh là là! Ainsi, le continent Alphard sera à mes pieds, peut-être même toute la planète Dina. Je ne pouvais espérer mieux.»

— À votre avis, Morina, mon amie, dit Flavie d'un ton calme, qui a pu planifier de s'emparer du pentacle en mettant en péril une enfant que nous croyons appartenir à l'une des servantes du château?

Launa frémit à nouveau. Elle essaya d'ingurgiter la bouchée qu'elle venait à peine d'introduire dans sa bouche. Après quelques efforts, elle réussit à l'avaler. «Comment peut-elle en arriver à cette conclusion?» pensa-t-elle.

— Mais qui dit que c'est une enfant de l'une de nos servantes? demanda la reine.

— Je crois que le voleur est dans cette salle, prétendit Flavie en fixant Launa.

Cette dernière resta impassible devant le regard scrutateur de l'invitée. « Au fait, pourquoi m'accuse-t-elle ? s'interrogea la princesse avec assurance. Elle n'a aucune preuve contre moi. » Confiante, elle lui sourit.

Nina se pencha, souleva une des serviettes et l'étendit pour qu'on remarque un indice. Dans un coin étaient brodées les armoiries royales. La reine pâlit, et Éxir tourna sa tête vers Launa. La princesse rougit. Elle ressentit des gouttelettes d'eau sur ses tempes. Elle ne pouvait le nier. Elle était démasquée.

— Où as-tu caché le pentacle ? se choqua la souveraine.

Launa décida de lancer sa dernière carte en jouant à l'innocente.

— Je… je… je ne sais pas, mère. Je n'ai pas cet objet. Comment osez-vous faire une telle accusation alors que je ne suis sortie que pour une courte période de temps en raison de mon mal de tête ? Et, en plus, que voulez-vous que je fasse d'un vieux pentacle insignifiant auquel il manque une pierre ?

— Justement, fit observer Flavie. Comment savez-vous qu'il manque une pierre ?

— Je... je crois que... mère l'a dit, bafouilla-t-elle.

— Tu le sais très bien, lança froidement Morina en se dressant debout. Je n'ai jamais discuté de cette pierre manquante avec toi. À l'instant présent, nous allons inspecter ta chambre.

Aussitôt, la souveraine fit un geste en direction de Launa et murmura des mots d'enchantement.

— La magie t'est enlevée, lui indiqua-t-elle. Tu ne pourras l'utiliser pendant que nous passerons ta chambre au peigne fin. Venez, Éxir et Flavie, allons-y. Quant à toi, ma fille, je t'ordonne de rester ici en compagnie de ton frère Éloy et de Nina.

La princesse paniqua. Bien sûr qu'ils allaient le trouver facilement. Elle l'avait déposé dans le tiroir sans même essayer de le cacher. Quelle idiote elle était !

Les trois jeunes attendirent un long moment. Ne sachant quoi faire, Launa demanda sarcastiquement à Nina :

— Andrick va bien ?

— Aussi bien que toi, voleuse ?

— Il est un peu tôt pour m'accuser ; il faut attendre de l'avoir trouvé, ce bijou dépouillé et sans valeur, répondit-elle.

— En tout cas, dit Éloy, on ne peut pas dire qu'on s'ennuie avec toi. Une bêtise après l'autre jusqu'au dernier jour du règne de notre mère. Demain, nous quittons le château, et ce sera sire Olibert de la Source qui prendra les rênes du royaume.

Launa grimaça. Elle commença à s'impatienter. Pourquoi ne descendaient-ils pas avec le pentacle? Il était si facile à trouver. Quelque chose n'allait pas. Pourquoi tout ce temps?

Lorsqu'Éxir, Flavie et sa mère revinrent, elle se demanda encore plus pourquoi ils avaient tous une figure contrariée. Morina s'assit et regarda sa fille.

— Pourquoi, mère, me regardez-vous ainsi?

— Nous n'avons rien trouvé. À part ceci! dit-elle d'un ton sec en déposant sur la table une plume noire.

Launa se contracta. Malphas serait-il à nouveau un corbeau? Si oui, est-ce lui qui aurait pu ouvrir le tiroir et s'envoler par la fenêtre entrouverte avec le pentacle? «Impossible, se dit-elle. Un oiseau ne peut ouvrir un tiroir.»

— Quoi? s'énerva Nina en se relevant. Qu'est-ce que tout ça signifie?

Le bébé recommença à pleurer. Nina le prit dans ses bras et le consola.

— Ça signifie que je ne suis pas la coupable. Si vous, mère, et vos assistants ne l'avez pas trouvé, railla Launa, c'est que je n'y suis pour rien. Il faut chercher un autre coupable que moi. Quant à cette plume, elle a dû s'accrocher à mes vêtements et tomber au centre de ma chambre.

La princesse rit nerveusement. Comment était-ce possible qu'à eux trois ils ne l'aient pas trouvé ? Elle l'avait placé dans le tiroir, sur la pile de mouchoirs. Elle avait bien envie de courir à sa chambre et d'explorer sa commode. Comme tout le monde l'observait, elle mit un frein à son impatience. Elle prit sa fourchette et piqua un morceau de carotte.

— Délicieux, dit-elle.

Tous se remirent à manger et à la fixer. Le concert de cliquetis d'ustensiles, d'écoulement de breuvages chauds ou froids et de pas feutrés reprit.

Enfin, le repas se termina une demi-heure plus tard. Launa emprunta le spectaculaire escalier en spirale et pénétra dans sa chambre en courant. Les tiroirs étaient grand ouverts, et chaque vêtement avait été retourné et retourné ; les draps de son lit avaient été enlevés et replacés sommairement, chaque coin de la pièce avait été fouillé. Quant aux restes d'aconits, ils avaient été jetés dehors.

Elle se laissa tomber sur son lit et revit dans sa tête les derniers moments avant de quitter la pièce pour aller rejoindre la famille à table. Elle se rappela que le tiroir glissait mal et que, dans son empressement, elle l'avait laissé à demi fermé. Aussitôt, elle imagina Malphas métamorphosé en corbeau pénétrer par la fenêtre entrebâillée en raison de la touffeur, saisir sans effort le pentacle dans le tiroir entrouvert et fuir par la fenêtre.

— Malphas, murmura-t-elle d'une voix forte en pivotant sur elle-même.

Elle l'appela par trois fois. Comme il demeurait muet, elle comprit qu'elle avait été dupée. De rage, elle se mordit la main et comprit que c'était bien lui qui s'en était emparé.

« Comment ai-je pu être aussi idiote ? sanglota-t-elle. Mais je n'ai pas dit mon dernier mot, cher Malphas. Je saurai le reprendre. »

CHAPITRE 22

UN REVIREMENT DE SITUATION

Perché dans le haut d'un arbre, Malphas n'arrivait pas à se calmer. Parcouru de spasmes nerveux, il riait et riait au point d'en pleurer.

— Quelle idiote! Ha, ha, ha! Une vraie déficiente! Hi, hi, hi! Une sotte, une pauvre d'esprit! Ho, ho, ho! Elle est aussi brillante qu'un fanal sans mèche d'allumage! Ha, ha, ha! Oh! Il faut que j'arrête de rire, j'ai mal aux côtes. Ha, ha, ha!

Il se revit en train d'épier la princesse, puis la bataille d'Andrick avec une espèce de grosse anguille d'eau douce et le vol du

pentacle par Launa. Sur le coup, il s'était dit :
« Quelle idiote, cette insignifiante princesse.
Je lui ai pourtant dit que ce n'est pas le pentacle que je veux, mais la dracontia. » Puis, il
s'était ravisé. Peut-être bien que le pentacle
était un objet plus intéressant. Alors qu'il
avait retrouvé assez de force pour se métamorphoser à nouveau en corbeau, il s'était
introduit par la fenêtre entrouverte de la
chambre de la princesse. Puis, il s'était posé
sur la commode. Eurêka ! Le tiroir où le
bijou orné d'un diamant bleu était déposé
était ouvert. Il en avait été fou de joie.

— Wow ! Ce pentacle est vraiment spectaculaire ! Il est à moi et il ne sera qu'à moi.

De ses pattes arrière, il s'en était emparé.
Puis, il s'était réfugié dans un arbre non loin
du château. Il aurait bien voulu aller plus
loin, mais l'objet était lourd et encombrant.
Il avait décidé de prendre une pause pour se
fortifier les muscles et repartir dès le lendemain. Il se cacha dans un ancien nid d'écu-
reuil. De là, il admira l'objet.

— Hi, hi, hi, j'ai le précieux bijou. Il est
tout à moi, hi, hi, hi, ricana-t-il.

Il était tellement crampé de rire qu'il
s'écrasa sur le pentacle. Des larmes coulèrent le long de son bec. Couché sur

l'amulette, il parvint à cesser ses rires. Exténué, il s'endormit, la tête sur la pierre de lune.

En pleine nuit, il se réveilla. Sa nuque était douloureuse. La pierre s'était mise à crépiter et à rougir. Il renifla et sentit une odeur de fumée. Il se dressa d'un coup. Horrifié, des flammes s'élevaient de son cou et montaient à son visage. Il était en feu. Piaillant de douleur, il vola jusqu'à la douve et se jeta à l'eau plusieurs fois.

Il réussit à éteindre le feu courant sur ses ailes. Soulagé, il constata sous un éclairage tamisé provenant des fenêtres du palais royal que les brûlures étaient superficielles, bien que légèrement douloureuses. Il revint vers le pentacle.

De ses ailes, il le souleva. Le bijou avait maintenant l'air inoffensif. Il le redéposa et s'allongea sur lui. Aussitôt en contact avec le diamant bleu, celui-ci se remit à grésiller et à cracher des étincelles. Malphas se redressa en criant de douleur.

« Mais qu'est-ce que c'est que ça ? »

Il se gratta la tête. Il étendit son aile sur la pierre, et elle se mit à rougir et à redevenir chaude. Il était bien embêté puisqu'il ne pouvait plus toucher au pentacle.

« Ah ! Il manque la dracontia, pensa-t-il. C'est peut-être ça que le pentacle veut me dire ? Il faut que je trouve cette pierre au plus vite. Je sais très bien qui me conduira à cette pierre. Mais, en attendant, je vais cacher soigneusement le pentacle en lieu sûr. »

De son bec, il souleva la chaîne. Le diamant de lune recommença à pétiller et à chauffer. Néanmoins, il trouva une solution à cet inconvénient : il agrippa le collier de ses pattes arrière et battit des ailes. Le pentacle se retrouva suspendu dans les airs. Avec ses ailes à demi brûlées, il vola avec une rapidité réduite et, dans ces conditions, le trajet lui fut excessivement pénible.

Pendant ce temps, au château, Launa ne dormait pas. Accoudée à sa fenêtre, elle avait vu quelques instants plus tôt une luciole au loin, puis quelques flammes dans un arbre. Intriguée, elle avait fixé cet embrasement plutôt bizarre. Elle fut davantage rendue curieuse lorsque les flammes vinrent se jeter dans la douve, à une dizaine de mètres d'elle. Aux cris qu'il avait échappés, elle avait reconnu l'oiseau au plumage noir. Le plus extraordinaire, c'était qu'il était retourné vers ce qu'elle croyait être une luciole qui brillait sporadiquement.

Elle eut un éclair de génie ; elle comprit que l'oiseau était Malphas et que la lumière qui brillait était le diamant bleu du pentacle. « Te voilà, canaille ! »

Lorsqu'il s'éclipsa avec son butin, elle savait exactement où il allait.

— Au refuge des dresseurs de dragons, murmura-t-elle pour elle-même.

Discrètement, elle se faufila jusqu'à l'écurie et harnacha Frenzo.

À plusieurs kilomètres de là, Will fut réveillé par des cris perçants. Encore saoul, il aperçut sa bien-aimée, debout, l'air fâché. Il se redressa et retomba lourdement sur le perron en rigolant.

— Allôôôôô, ma belle minououuouche ! dit-il en mâchonnant les mots.

— Ta minouche est insultée !

— Pourquoaaaa donc ?

— As-tu admiré ta beauté depuis peu ? dit-elle sarcastiquement.

— Bien… ouaaaais!?

Elle claqua la porte et revint quelques minutes plus tard avec un miroir à main.

— Regarde-toi!

Et c'est là qu'il remarqua qu'il avait la tête rasée. Il hurla d'horreur.

— Que m'est-il arrivé? demanda-t-il plus clairement.

— C'est plutôt à toi de me le dire. Regarde ton accoutrement tout déchiré. Tu sens la bière et tu es laid. Tu n'as pas du tout l'allure d'un dignitaire respecté, mon cher Will. Entre nous, c'est fini, totalement fini. Retourne d'où tu viens et ne viens plus jamais me voir!

Elle éclata en sanglots et referma la porte avec force. Puis elle la rouvrit pour reprendre son miroir à main d'un geste sec. La porte pivota à nouveau sur ses gonds, et Will lui fit face. Il comprit que son image s'était pour le moins détériorée et qu'il n'était plus possible pour lui de se présenter comme l'emblème de la puissance, sans une tenue royale et une coiffure digne d'un roi.

— Bah! se dit-il en rigolant et en passant sa main le long de sa ceinture, j'irai… m'acheeeeter une perruuuuque en attendant que mes cheeeeeveux repoussent.

Ô l'horreur ! Il n'avait plus les deux autres bourses. Il comprit qu'il s'était fait voler.

« Les chenapans, ils ne l'emporteront pas au paradis ! Qu'est-ce que je vais devenir, sans pièces d'or ? » se dit-il en essayant de se relever.

Son corps était tellement lourd qu'il se laissa chuter. Il s'allongea de tout son long sur le perron. Encore trop saoul, il ferma les yeux, mais l'air froid de la nuit lui fouetta le sang. Il rouvrit les yeux. Il réfléchit davantage à sa situation. « Il me reste bien le gousset que j'ai donné à Jeanne pour me faire de nouveaux habits. Je pourrais tenter de le récupérer. Na ! Je me suis assez fait humilier pour aujourd'hui. » Ses paupières se refermèrent. Quelques minutes plus tard, un vent violent le fit frissonner et rechercher un endroit plus douillet que ce perron en pierre. « Où vais-je aller me reposer ? »

Comme endroit chaud, il lui restait l'écurie où son destrier séjournait. Il s'y traîna. Souffrant d'un solide mal de tête, il dut admettre qu'à l'instant présent peu d'avenues s'offraient à lui. Il avait déjà été au sommet de la monarchie et, maintenant, il ne valait pas plus qu'un clochard, sans titre, sans argent, sans amour et sans métier. Que savait-il faire de ses 10 doigts ? Rien.

La seule place qu'il lui restait était le Collège de la magie. Et encore ! Est-ce que sa mère saurait lui pardonner encore une fois alors qu'il venait de voler et de perdre toute la richesse du royaume ?

CHAPITRE 23

UN VENT DE BONHEUR NUANCÉ

— Andrick a la dracontia, dit Flavie en secret à Morina et à Éxir.

— Vraiment ? s'étonna la reine assise près du feu.

— Oui, l'appât a eu un bon résultat. La pierre était en plein milieu du lac dans une bourse en cuir. Elle était sous la garde d'un terrifiant serpent d'eau douce. Andrick, en voulant sauver le poupon, a surpris l'animal qui sommeillait. La bête s'est défendue bec et ongles. Heureusement que tout s'est bien terminé, non pas pour le serpent, mais pour Andrick. Lorsque Nina a ouvert la bourse pour lui, elle contenait la dracontia. Nous étions heureux, mais Andrick n'a plus le pentacle. Il faut le retrouver !

— Oui, je sais, ma chère Flavie. Je me sens terriblement vieille et sans ressource. La seule personne qui pourrait nous révéler l'endroit où le pentacle se trouve, ce serait ma fille, mais je crains qu'elle ne nous soit d'aucune utilité. Dire que ma vie s'annonçait calme, heureuse et sans remous lorsque je me suis mariée avec mon beau Wilbras V. Jamais au grand jamais, je n'aurais cru que tant de malheurs s'abattraient sur Dorado. Voilà qu'il y a à peine quelques heures, j'ai découvert que les coffres du royaume étaient vides. Quelqu'un a osé nous voler. Ah, ma chère Flavie, les mésaventures pleuvent à torrent. Je suis épuisée par tant de misères et d'épreuves. Je ne désire qu'une chose : quitter ce royaume et ne me consacrer qu'aux rudiments du Grand Art, à la magie.

— Oui, moi aussi, avoua Flavie. J'ai eu une vie plutôt aventureuse, et notre porteuse de dragon Imarène, avec ses sœurs, nous en ont fait voir de toutes les couleurs. Mais qu'est-ce que tu vas faire ? Le royaume n'a plus un sou. Tu ne peux tout de même pas quitter le royaume en laissant à ton successeur des coffres vides.

— Je sais. Je n'y peux rien. Olibert arrivera au matin, d'ici quelques heures.

— Il arrivera au moment de notre départ pour le Collège, soupira Flavie. Tu ferais mieux de te coucher. Il est tard.

— Oui, elle a raison, dit Éxir. Demain, ce sera une grosse journée, la passation des pouvoirs.

— Oui, vous avez tous les deux raison. Je vais essayer de dormir. Où est Andrick ?

— Il est sous bonne garde avec Ramon, Inféra et Philémon. Tous les quatre retournent au lac Cristal.

— Il faut trouver ce corbeau au plus vite, indiqua la souveraine.

— Ne t'inquiète pas, je crois qu'il a sous-estimé la puissance de la pierre de lune, rigola Flavie. Si elle ne t'est pas destinée, elle te porte malheur, que ce soit pour ta fille Launa ou pour ce corbeau.

— Ah bon ? s'étonna la reine.

Flavie lui sourit et lui raconta les malheurs de Waldo, l'amoureux d'Adora, lorsqu'il avait recueilli le diamant de lune à la Terre d'Achille. Morina comprit aisément que le pentacle n'était présentement d'aucune utilité pour notre voleur et elle s'en réjouit.

— Je te remercie, Flavie, de ces informations. Maintenant, je crois que je vais mieux dormir.

✛ ✛ ✛

Au petit déjeuner, les invités et la famille royale remarquèrent l'absence de Launa pour leur dernier repas au palais.

— Elle est encore en fugue et elle me fera souffrir jusqu'à la dernière minute de ma vie, conclut Morina, attristée.

— Elle s'expose malheureusement à un grand danger, indiqua Flavie. Malphas recherche les âmes perturbées comme la sienne.

— Hélas! ma bonne amie, je ne le sais que trop bien.

— Elle ne sait pas apprécier les belles choses de la vie, dit Éloy.

— Tu as parfaitement raison, mon fils.

Le jeune garçon remarqua les traits tirés de sa mère. Il essaya de l'égayer en ajoutant :

— Le Collège de la magie est un endroit merveilleux. Moi, maman, mon bonheur réside dans peu de choses : une belle pomme, des glaces au chocolat, des câlins et des sourires.

Elle lui sourit. Il était une bénédiction, un rayon de soleil dans cette grisaille.

— Tu es vraiment adorable, mon enfant, dit-elle. J'en suis heureuse.

— D'autant plus que tu oublies que tu auras un petit-fils ou une petite-fille d'ici quelques mois, ma chère amie, dit Flavie pour la dérider davantage.

— C'est bien trop vrai, s'enthousiasma-t-elle. Vous avez bien raison de me le rappeler. En plus, je n'aurai plus les soucis de gouvernance et je pourrai gâter Éloy et mon petit-fils ou ma petite-fille.

La bonne humeur lui revint. Elle finissait son café lorsque Brigitte fit irruption dans la salle à manger et lui annonça la présence d'un homme qui l'attendait dans le hall d'entrée. Un pli se forma sur son front, et elle craignit que ce soit une mauvaise nouvelle, ou Olibert qui arrivait avant son temps.

Elle s'excusa et alla à sa rencontre. Un homme dans la quarantaine, de forte ossature et d'allure paysanne, l'attendait en roulant entre ses mains son couvre-chef à large rebord en feutre. Dès qu'elle fut à quelques mètres de lui, il la salua.

— Ma reine, fit-il en se courbant et en posant un genou au sol.

— Redressez-vous. D'ici quelques heures, je ne le serai plus.

La mâchoire du paysan se décrocha, et ses yeux s'agrandirent.

— N'ayez crainte, le rassura-t-elle. Le royaume sera entre de bonnes mains. Une annonce officielle sera faite d'ici peu pour annoncer mon successeur par intérim. Que puis-je faire pour vous ?

— Dame, dit-il, je suis Thierry Bravard de Pomrond.

Il décrocha de sa ceinture deux bourses.

— Je vous remets ces deux pochettes, car je crois que ceci appartient à la royauté.

Il fit un salut de la tête et quitta les lieux sans attendre sa réaction. Elle resta stupéfaite qu'il ne lui en indique pas la provenance. Puis, elle les soupesa. Malgré leur petite taille, elles étaient assez lourdes. Elle s'approcha d'une fenêtre et les déposa sur la large tablette. Elle les ouvrit. Il y avait à l'intérieur de nombreuses pièces d'or.

« Grands dieux ! dit-elle en portant la main à son cœur. Ouf ! Je suis heureuse de laisser tout cet argent au royaume. Enfin, je sens que le vent tourne en ma faveur. Les seules ombres au tableau : où sont Launa et Wilbras ? J'espère de tout mon cœur qu'ils retrouveront le droit chemin avant qu'il ne soit trop tard. »

En fin d'après-midi, la reine reçut Olibert de la Source en toute sérénité. Elle fit la passation des pouvoirs et des actifs du royaume.

— Voilà, les coffres ne sont pas très bien garnis. Quelques dépenses imprévues ont fait fondre notre fortune, expliqua-t-elle.

— En effet, soupira-t-il en examinant le contenu du coffre. J'ai remarqué en visitant les lieux qu'il y a un grand nombre de travaux à effectuer. Les écuries doivent être nettoyées et chaulées ; le pont-levis, restauré ; les battants des fenêtres, réajustés ; et les toitures, rénovées. Sans parler de la décoration du château qui est d'une autre époque.

— J'en suis désolée.

— C'est bien connu, dit-il sèchement ; les enchanteurs ne sont pas reconnus comme des personnes ayant les deux pieds sur terre. Bien administrer un pays leur

passe mille lieues au-dessus de la tête.
Depuis que le roi est mort, les choses se sont
envenimées, dame.

Elle figea. Ses yeux exprimaient un fort
dégoût envers elle-même et ceux de son
statut.

— Vous pouvez disposer, ajouta-t-il
d'un ton froid. C'est maintenant moi, le roi.

Par ses manières rigides, il était clair
que ce nouveau roi considérait les enchanteurs comme des personnes inutiles, voire
comme des parias de la société. Elle frémit.
Est-ce que la magie allait encore une fois
être bannie ? Probablement. Elle le salua et
se dépêcha de monter à ses appartements.

En faisant ses bagages, elle cherchait à ne
pas laisser transparaître sa tristesse. Elle
essayait de sourire et de se montrer joyeuse.
Elle nota que Brigitte marchait sur ses
talons.

— Est-ce que je peux faire quelque
chose pour toi, ma belle Brigitte ?

— C'est que…

Morina interrompit son travail et
remarqua le visage bouleversé de la
servante.

— Voyons, est-ce que je t'ai ennuyée, ma belle Brigitte ? Ne te gêne pas, dis-moi ce qui te trouble. Tu es ma plus fidèle servante. Oh ! je devrais dire que tu l'étais.

— C'est que… j'aimerais vous accompagner.

— M'accompagner jusqu'au Collège et revenir ici ? J'en suis touchée, mais c'est un long trajet.

— Je veux dire, vous accompagner pour y rester.

Morina ouvrit grand la bouche.

— Tu veux y rester, s'écria-t-elle avec des larmes dans les yeux.

— Oui, ma reine. Je veux dire, oui, dame.

— C'est merveilleux.

Morina sauta dans ses bras. Quel beau moment de bonheur ! Brigitte, qui était pour elle plus qu'une fidèle compagne et une loyale servante, était aussi une véritable amie. Elle en pleura de joie.

CHAPITRE 24

LA CACHETTE

Entre-temps, Inféra, Philémon et Andrick se dirigèrent vers le lac Cristal en marchant lentement dans les bois, s'immobilisant fréquemment pour écouter les moindres bruits suspects. Ils tenaient en laisse les dragnards qui les suivaient. Un cerf majestueux bondit devant eux et fit halte. Sur le coup, Andrick dégaina son épée, et Inféra était prête à jeter un sort. L'animal déguerpit et disparut de leur vue.

— Kaal ? cria Andrick.

L'animal revint. Il inclina la tête et lui fit signe de le suivre.

— C'est bien lui, les rassura le jeune homme. Suivons-le.

Après une marche de plusieurs heures, Kaal ralentit le pas et s'arrêta à l'orée des bois. Devant eux, les montagnes et une chaumière très modeste se dressaient. Ils se tinrent à l'intérieur de la forêt, dissimulés derrière des arbustes et des troncs d'arbre.

— *Chut!* souffla une voix qui semblait provenir de la gorge du cerf. *Je sais que tu as sur toi la dracontia. Il te manque le pentacle qui est dans cette maisonnette.*

— Y a-t-il quelqu'un à l'intérieur? demanda Inféra.

— *Oui, mon pire ennemi, Malphas qui a la forme d'un vilain corbeau. Je l'ai vu arriver aux petites heures du matin. Il était épuisé et sans grande réserve d'énergie. Mais depuis, il a dû se refaire des forces.*

Les trois chevaliers s'accroupirent pour évaluer comment tenter l'intrusion.

— Je pourrais cogner à la porte et simuler que je suis perdue, suggéra Inféra; pendant ce temps, Andrick, tu pourrais entrer par une fenêtre arrière.

— Tu parlerais à un corbeau? s'étonna Andrick.

— Ouin, vu sous cet angle, je reconnais que ce n'est pas très crédible, conclut-elle. Il comprendrait aisément mon intention de le berner.

— Oh, oh! Les choses se compliquent, murmura Philémon en pointant le ciel.

Un dragnard se présentait à l'horizon, chevauché par une cavalière à la chevelure blonde et aux ailes roses.

— Launa? murmura Andrick. Qu'est-ce qu'elle vient faire ici?

— *C'est elle qui a planifié l'appât : le bébé au milieu du lac et le vol du pentacle. Par la suite, Malphas l'a volé. Il faut le récupérer dès maintenant.*

— Il faudrait lui servir le même remède qu'elle m'a servi, c'est-à-dire une distraction, suggéra Andrick.

— À quoi penses-tu? chuchota Philémon.

— Aux dragons Gord et Drak, répondit-il.

— Hum… astucieux, ricana doucement Philémon qui saisit ce qu'il avait l'intention de faire. Lorsqu'elle les verra, elle n'aura qu'une idée. Elle tentera de reprendre les dragons.

— *Je crois que ce sera en effet une excellente distraction pour qu'elle et son acolyte se concentrent sur eux et non sur le pentacle.*

— J'y vais, dit Andrick.

— *Non, il serait préférable que ce soit une autre personne. Qui le peut ?*

— Moi, répondit Inféra. Nina est au palais. Elle pourra chevaucher Drak, et Gord le suivra.

— Gord, sans cavalier ? lança Andrick d'un ton sévère.

Elle tenta de l'adoucir en affichant son visage le plus angélique. Elle ajouta prudemment :

— Hum… non, évidemment, pas sans cavalier. Si tu le permets, je pourrais le chevaucher ?

Il ricana doucement.

— Je me moquais un peu de toi. Je m'en doutais bien.

— Hein ! s'étonna-t-elle. De quoi te doutais-tu ?

— Que tu mourais d'envie de le chevaucher, sourit-il à la belle dame élégante et aux yeux pétillants.

— Oui, dit-elle en rougissant, c'est vrai. Ce sont de magnifiques dragons.

— J'en conviens. Tu as mon approbation. Vas-y et sois prudente, chuchota le jumeau. Je crois que le fait de voir ses deux dragons chevauchés par deux dames la rendra encore plus furieuse que si c'était moi et ma jumelle.

Kaal approuva en abaissant son haut panache. Pendant ce temps, Frenzo avait atterri près de la chaumière. Dès que Launa mit les pieds au sol, un gros corbeau noir sortit de la maisonnée et s'envola vers elle par un carreau sans vitre.

Andrick, qui les observait de loin, fut intrigué du fait que la cavalière paraisse nerveuse et effrayée par le corbeau.

— *Vous voyez, Malphas a repris du poil de la bête, si je peux m'exprimer ainsi. Il est aussi puissant qu'auparavant malgré ses nombreuses mises à mort.*

— Comment peut-on s'en débarrasser à tout jamais ? s'informa Philémon.

— *Il faudrait un miracle. On dit que la seule façon de mettre à mort définitivement cet être malfaisant serait de le tuer de deux flèches trempées pendant deux jours dans de l'huile d'ail et tirées simultanément, une allant à la tête et l'autre, au cœur.*

— Oh, firent en chœur Andrick et Philémon.

— Vous voulez dire d'un même arc.

— *Autant que possible.*

— Mais personne ne peut réussir ce tour de force ! s'attrista Philémon.

— *Si, certains chevaliers d'Actinide le peuvent,* les rassura Kaal. *Toi et Philémon, concentrez-vous sur une chose, le pentacle. Dès que tu l'auras retrouvé, Andrick, rejoins-moi à l'entrée de la grotte située au sommet de la chute du lac Cristal avec la dracontia et le pentacle. Je vous laisse.*

— Vous ne restez pas ? demanda Andrick.

— *Non, je crains que Malphas me reconnaisse et qu'il s'en prenne à moi. Si c'est le cas, je ne pourrais accomplir ma dernière mission, celle de sceller la dracontia au pentacle. Je ne peux la réussir qu'à cet endroit, à l'intérieur de la grotte sacrée.*

— Moi aussi, je vous laisse, ajouta Inféra en rejoignant sa dragnarde Féerie.

Kaal fut le premier à disparaître de leur vue en deux bonds. Inféra se releva et agrippa les rênes de Féerie et se dirigea vers le château.

Philémon et Andrick se retrouvèrent seuls.

Pendant plus de deux heures et demi, ils ne virent aucune activité au point de se demander si la princesse et le corbeau étaient encore à l'intérieur. Andrick était sur le point de se lever et d'aller en faire la véri-fication lorsque la porte s'ouvrit et la prin-cesse sortit en portant le collier. Le diamant bleu brillait de mille feux sous ce soleil radieux. Elle souriait et s'apprêtait à enfour-cher Frenzo lorsque deux ombres passèrent au-dessus d'elle. Elle releva la tête et aperçut Gord et Drak. Le synchronisme ne pouvait être meilleur. Sur le coup, elle fut enchantée, mais elle perdit rapidement sa figure joviale lorsqu'elle vit les deux cavalières les chevauchant.

— MES DRAGONS! cria-t-elle.

En apercevant Launa, Nina fit voler Drak plus bas et passa à quelques mètres de la jeune princesse. La cavalière reconnut immédiatement le pentacle de son frère à son cou.

En arrivant à Mysriak, Inféra avait raconté brièvement les derniers événements à Morina et au reste de la troupe. Elle avait indiqué la très forte possibilité de retrouver le pentacle dans la vieille chaumière. Nina ne fut donc pas surprise de reconnaître le collier au cou de Launa. La jumelle fit remonter Drak et vint se placer près d'Inféra.

— TU AVAIS RAISON ; ELLE EST LÀ ET ELLE L'A, hurla Nina à Inféra. QU'EST-CE QU'ON FAIT ? cria Nina.

— IL FAUT ALLER EN DIRECTION DU LAC CRISTAL, suggéra Inféra. ELLE N'AURA PAS D'AUTRE CHOIX QUE DE NOUS SUIVRE.

La jumelle hocha la tête.

— YÉ, *GRUPTA HURR OUTE*[11] ! DIRECTION LAC CRISTAL, lança gaiement Nina.

Au sol, Launa dirigea son poing vers eux.

— NOOOOON, GORD ET DRAK, RESTEZ ICI ! REVENEZ VERS MOI ! VOUS DEVEZ M'ÉCOUTER, hurla-t-elle en les voyant se diriger vers le sud. JE VOUS ORDONNE DE REVENIR.

---

11. Vole, gentille bête !

— Suis-les, piailla Malphas. Elles nous conduisent vers la dracontia. Comme je te l'ai expliqué, c'est ta chance de devenir la reine la plus puissante de la terre et de reconquérir tes dragons.

— Oui, dit-elle, tu as parfaitement raison.

Malphas sourit lorsqu'il la vit s'empresser d'enfourcher son dragnard. Elle était l'instrument parfait qui lui permettrait d'acquérir la dracontia pour compléter le pentacle. Il se régalait déjà de devenir le plus puissant prince. Il lorgna en sa direction. Elle était déjà à plusieurs centaines de mètres de lui lorsqu'il vit deux autres dragnards s'envoler derrière elle. Il reconnut le cavalier sur le dragnard au pelage brun.

— Non, pas lui, pas cet Andrick, se plaignit-il. Ça ne se passera pas ainsi. Je n'ai pas dit mon dernier mot.

Discrètement, il les suivit sans aucun problème. Il avait retrouvé sa forme d'antan, et ses ailes étaient aussi belles et fortes qu'auparavant.

CHAPITRE 25

L'ATTAQUE

Launa les talonnait de près, convaincue qu'elle pourrait facilement dominer ses deux dragons. Après une vingtaine de minutes de vol, elle approchait de plus en plus du lac où de nombreux cygnes blancs nageaient en toute tranquillité. Par contre, plus elle avançait vers cet endroit, plus elle nota un inconfort dans sa poitrine. Elle ressentait une brûlure douloureuse. Elle l'examina et fut horrifiée de noter que le diamant bleu ressemblait plus à un charbon ardent qu'à une pierre précieuse. Même le tissu de sa tunique s'enflammait.

Les gracieux cygnes qui nageaient calmement jusqu'alors s'énervèrent en voyant des dragons survoler les lieux et un dragnard foncer directement sur eux. Les cygnes prirent leur envol.

— L'eau guérisseuse, se dit-elle. Je n'ai qu'à me jeter dans cette eau pour que cessent ces brûlures et s'éteigne ce feu. Allez Frenzo, droit devant !

Elle fit accélérer Frenzo, qui obéit à sa cavalière et s'élança directement vers le lac. Launa s'éjecta de sa selle et se jeta à l'eau.

Sur le coup, l'eau froide lui fit le plus grand bien, mais ce moment heureux fut de très courte durée, car le diamant se mit à crépiter si fort que la princesse remonta à la surface et enleva le collier. Elle le lança dans les airs. Un cygne se précipita pour le saisir et l'empoigna par son bec.

Les autres cygnes vinrent entourer la plongeuse. Ils se dressèrent et se mirent à battre des ailes tout en restant en contact avec l'eau, provoquant de grandes vagues. Launa se sentit menacée par les majestueux oiseaux blancs. Apeurée, elle plongea et se dirigea sous l'eau vers le rivage. Lorsqu'elle atteignit la plage, elle se releva et vit les cygnes accourir vers elle. À toutes jambes, elle s'enfuit des lieux.

Léomé était celui qui avait réussi à rattraper le collier. Il vola en direction d'Andrick, qui l'observait et l'attendait à l'entrée de la grotte sur son dragnard, mais un corbeau vint attaquer Léomé par-derrière. C'était Malphas qui lui assénait de solides coups de bec dans le cou. Affaibli, Léomé échappa son précieux objet. Le bec grand ouvert, Malphas le lui ravit.

Andrick, qui avait tout vu de la manœuvre, tenta d'attraper le corbeau. Il enfourcha Frivole, mais le corbeau, au lieu de fuir, fonça directement sur lui et lui laboura le visage des griffes de ses pattes. Surpris par cet assaut, il fit un faux mouvement et glissa de sa monture en plein vol. Il se retrouva tête en bas, pendu par un pied dans l'étrier. Il fit un effort pour se relever et s'agripper à la selle. Frivole, voulant bien faire, revint sur ses pas et s'orienta en direction de la grotte.

Malheureusement, ce virage abrupt n'aida pas le cavalier à se repositionner. Il chuta. Un terrain pierreux l'attendait à plus de 10 mètres plus bas. Le porteur du pentacle ne voyait pas comment échapper à cette mort inévitable. « Abraxas et les sept dormeurs », songea-t-il. Mais il n'avait pas sur lui le collier protecteur.

Le sol s'approchait vite. Pressentant un impact imminent, il ferma les yeux. Au dernier moment, il se sentit comme transporté. Il ouvrit les yeux. Des cygnes le soulevèrent sur une courte distance avant de l'échapper dans l'eau claire du lac.

Pendant ce temps, Kaal encore sous la forme d'un cerf était aux prises avec le corbeau qui le martelait à coups de bec dans le cou. Inféra dirigea Gord pour essayer de le libérer de cet attaquant lorsque deux flèches fendirent l'air et passèrent à quelques centimètres d'elle. Les flèches transpercèrent l'oiseau à la tête et au cœur simultanément. Malphas émit un croassement sinistre. Il battit des ailes et s'éloigna du cerf royal. Il monta de quelques mètres avant de chuter en spirale et d'échapper le pentacle.

Dès ce moment, son corps se désintégra et s'enveloppa d'une fumée noire. Lorsque la dépouille toucha le sol, il ne restait plus rien du corbeau. Même pas une petite parcelle de duvet. L'esprit malfaisant était à jamais dématérialisé et sans possibilité de revenir à la vie.

Inféra sur Gord chercha qui avait réussi cet exploit; un revirement spectaculaire de la situation. Elle avait beau voler à grande vitesse sur son rapide dragon, elle ne décela personne dans les environs avec un arc.

Kaal redevint un mage et Léomé, un enchanteur. Léomé partit lui aussi à la recherche de l'archer qui devait être placé au sommet de la grotte. Il ne rencontra personne et revint vers le lac.

Quant à Nina, elle ne vit rien de la scène, trop occupée par son frère qui avait coulé à pic dans le lac. Elle fit se poser Drak sur l'eau et plongea vers son frère. Il gisait au fond de l'eau, inerte. Elle le saisit par-derrière et le remonta jusqu'à la surface. Plusieurs cygnes l'aidèrent à le transporter sur la plage. Il ne respirait plus. Nina lui donna quelques bonnes claques pour le sortir de sa torpeur. Son teint était blanc et ses lèvres, légèrement bleutées.

— Andrick, réveille-toi! cria-t-elle.

Il demeurait immobile. Léomé s'accroupit près de lui et lui passa autour du cou le collier retrouvé au pied de la grotte. Il lut l'inscription à haute voix.

— Abraxas.

Aussitôt, Andrick s'anima et toussa. Il se roula sur le côté et expulsa violemment de l'eau par la bouche. Après de nombreuses expectorations, il parvint à se redresser et à respirer normalement.

— Ouf! dit-il en reprenant des couleurs. J'ai bien cru que mes derniers jours étaient arrivés.

Tout autour de lui, il y avait un grand attroupement. Il reconnut Léomé et quelques autres magiciens. Un vieil homme se présenta à lui, marchant avec difficulté. Il avait le cou lacéré et tenait la pierre noire.

— Kaal, je suppose, dit Andrick.

— Oui, c'est bien moi. Un peu écorché par ce vilain corbeau qui n'est plus de ce monde.

— Qui n'est plus de ce monde? s'étonna le jeune homme.

— En effet, un archer a réussi l'impossible.

— Quoi? Le tuer avec deux flèches.

— Exactement.

— Il n'y a qu'une personne qui puisse le faire; c'est Arméranda, suggéra Andrick en se levant malgré des étourdissements qui le firent vaciller.

Il pivota sur lui-même à la recherche de la belle cavalière au teint caramel et aux yeux bleu turquoise dans les environs du lac.

— Mais, elle ne peut pas être ici, indiqua Nina d'un ton dissuasif. Elle est restée à la Terre des Elfes avec son mari, Ulrick. Tu te souviens?

— Ça ne peut être qu'elle, renchérit-il en lorgnant le haut de la grotte.

— Je te le répète, tu divagues, renchérit Inféra. Elle ne peut être ici et là-bas.

Des rires leur parvinrent à plusieurs mètres de là, derrière un regroupement imposant d'arbres. Arméranda chevauchant Horus ainsi que son père à cheval apparurent devant eux. Ils en furent estomaqués. Ces chevaliers avaient l'art de se camoufler dans la nature. Ils étaient si près d'eux et, en même temps, invisibles.

— Il est vrai qu'Arméranda est une excellente archère, tout comme son père, dit fièrement Galaad en descendant de sa monture. Cependant, elle ne pouvait pas réussir son exploit sans moi. Bien qu'il existe des arcs pouvant tirer deux flèches en même temps, il aurait été impossible d'atteindre la même cible, à la tête et au cœur, et surtout sans risquer de blesser une autre victime.

— Oui, j'en conviens, rit-elle en mettant pied à terre. Il nous a fallu tout un synchronisme.

— Je savais bien que c'était toi, s'écria Andrick en courant vers elle et en l'étreignant.

Nina fut enchantée de la revoir. Elle s'empressa de l'embrasser. Inféra fit de même. Arméranda fut vite encerclée et donna un baiser à quiconque lui tendait la joue.

— Que fais-tu ici ? finit par demander Andrick.

Elle prit un air gêné avant d'avouer :

— Je m'ennuyais de vous ! Horus aussi, dit-elle en flattant le museau de son fidèle cheval de montagne.

Son cheval hennit en retour.

— Il y a de cela quelques jours, lorsque j'ai vu les cinq dragons voler au-dessus de ma tête sans aucun d'entre vous, j'ai compris qu'il se passait quelque chose d'anormal. Alors je suis partie à votre recherche.

— Et où est Ulrick ? s'informa Andrick.

— Lorsqu'il a revu Luftia volant vers le nord, il n'a pu résister. Il est parti à sa recherche sur son yokeur. Il m'a dit de vous rejoindre et a foncé à grande vitesse dans leur direction. Je crois que lui aussi s'ennuyait de sa dragonne. Je ne crois pas me tromper, mais les cinq dragons seront de retour pour socialiser avec ces dragons, dit-elle en examinant les deux magnifiques dragons noirs, peut-être très bientôt.

— Eh bien, c'est une bonne nouvelle, lança Kaal.

Il retira le collier au cou d'Andrick.

— Il est maintenant temps de reconstituer le pentacle, ajouta-t-il.

Les magiciens applaudirent.

— Enfin, dit la reine Sophia, le pentacle, ce puissant talisman, sera complet.

— Il faut aller à la grotte ? demanda Andrick.

— Oui, c'est bien ça, répondit Kaal en souriant. Là où tout a commencé. Accorde-moi un peu de répit avant d'entreprendre cette tâche délicate. Je ne suis plus jeune, tu sais.

Andrick sourit. Les émotions fortes d'il y a à peine quelques minutes les avaient tous bouleversés.

— En fait, demain serait une journée plus appropriée pour moi, ajouta Kaal. Je veux encore profiter de cette belle journée !

Andrick acquiesça tout en ayant l'impression que quelque chose de grave se tramait.

CHAPITRE 26

UN PHÉNOMÈNE RARE

Launa marchait en forêt. Elle n'avait même pas le goût d'appeler Frenzo qui s'était volatilisé.

Il y a à peine une demi-heure, elle avait assisté à la mise à mort de Malphas. Elle le savait. Il était définitivement décédé. Il ne viendrait plus jamais l'agacer comme un courant d'air, ni l'apeurer sous la forme d'un oiseau noir. Tous ses espoirs d'être souveraine, de régner aux côtés du prince Noir et de résider dans un magnifique château s'étaient envolés en fumée.

Elle continua sa marche aléatoire. Qui était-elle et qu'est-ce qu'elle voulait? Tout ce qu'elle savait, c'est qu'elle n'était plus la jeune fille tant aimée de l'année dernière, ni la bénédiction de son père, et encore moins la princesse adorée des Doradois. Elle n'était plus qu'une simple fille errant dans les bois.

Elle ressentit une grande solitude. Épuisée, elle atteignit un ruisseau où elle trempa ses pieds endoloris par sa marche avec des souliers inappropriés pour une longue promenade. Elle se lava le visage et les mains, et tapota délicatement la brûlure étoilée sur sa poitrine. Puis, elle rampa jusqu'au pied d'un grand pin où un lit de mousse était prêt à la recevoir. Épuisée et désorientée, elle se laissa aller et s'y endormit.

Durant la nuit, elle s'éveilla. Il lui semblait que quelque chose n'allait pas. Elle passa sa main dans son dos et remarqua qu'il était plat. « Quoi? se dit-elle. Je n'ai plus mes ailes. Comment est-ce possible? »

Incapable de se rendormir, elle se remit en marche en suivant le cours d'eau. Elle traversa une clairière et aboutit à l'orée d'une autre forêt. Elle décida d'attendre l'aube avant de poursuivre sa route. Elle s'adossa contre un gros rocher.

Elle devait s'être involontairement endormie, car une voix la réveilla lorsque le soleil se pointa à l'horizon.

— Launa?

Elle sursauta. Il y avait un homme aux vêtements déchiquetés, aux traits tirés et à la tête chauve.

— Qui êtes-vous? cria-t-elle en s'armant d'une pierre pour se défendre.

— Je suis ton frère, Wilbras.

— Toi!?

En entendant son nom, elle le reconnut.

— Qu'est-il arrivé? lui demanda-t-elle.

— Une longue histoire. Et toi? Où sont passées tes ailes? Où est Frenzo? Où sont tes dragons?

— Je n'en sais rien, se lamenta-t-elle.

— Désolé, dit-il en s'approchant d'elle. J'ai ramassé quelques mûres; en veux-tu?

Il lui tendit la main. Elle en prit quelques-unes.

— Hum… je crois que je viens de comprendre à quel point j'ai été méchant et stupide, avoua Will en sanglotant. Toute ma vie, j'ai été jaloux de toi et, maintenant, je me rends compte que nous sommes tous les deux rendus bien bas et que nous avons fait souffrir bien des gens.

— Moi aussi, je pense ainsi, renchérit Launa. J'ai ce que je mérite, crois-moi. Mère m'a tellement répété que, pour pratiquer la magie, il faut une âme pure. Je crois que j'ai été la fée la plus indigne que la terre ait portée. La magie m'a quittée ainsi que mes ailes.

— Est-ce possible que la magie et tes ailes t'aient quittée aussi vite?

— Pour le savoir, il faudra le demander à mère. Pour l'instant, je ne sais plus où j'en suis. Mes dragons sont sûrement en meilleures mains avec Nina et Andrick.

— Et la couronne, elle appartiendra à quelqu'un d'autre que moi.

— Qu'allons-nous devenir?

— Penses-tu que mère voudra nous revoir? demanda son frère.

— Je n'en sais trop rien. Nous lui avons fait vivre tellement d'émotions.

— De mauvaises émotions, tu veux dire.

— Oui, fondit-elle en larmes. Si j'étais à sa place, je refuserais de nous revoir.

Wilbras se releva.

— Viens, marchons.

— Où ?

— Je n'en sais rien. Je me suis perdu.

Pendant des heures et des heures, ils marchèrent. À la nuit tombante, ils atteignirent un grand bâtiment composé de plusieurs ailes. Ils virent de la lumière dans une des parties de l'édifice et se dirigèrent vers cet endroit.

En arrivant près de l'entrée, ils virent l'inscription *Collège de la magie*.

— Oh, c'est l'endroit dont mère nous parlait, dit Wilbras. Je ne sais pas si nous…

Des lumières extérieures s'allumèrent par enchantement, et les portes s'ouvrirent.

— Launa ? Wilbras ? dit une silhouette qui se tenait dans l'embrasure.

— Maman, répondit-elle.

— Par les dieux du ciel, que vous est-il arrivé ?

Wilbras et Launa furent agréablement surpris par tant de gentillesse de la part de Rutha, Valdémor, Frankie, Pacifida, O'Neil, Ramon, Flavie, leur mère et même Éxir. Après un bon bain et des vêtements propres, ils se regroupèrent à la bibliothèque du collège avec un bon chocolat chaud au piment.

— C'est du jamais vu, une fée qui perd ses ailes, admit Valdémor.

— Est-ce qu'un jour, je vais ravoir mes ailes ?

— Les ailes que tu détestais, lui rappela Morina.

— Oui, je l'avoue. Maintenant que je ne les ai plus, je m'en veux de les avoir détestées.

— Les fées qui perdent leurs ailes sont des fées déchues, informa Flavie. De ce que je sais, elles ne peuvent repousser. Si jamais elles repoussaient, ce serait une première.

— Un phénomène rare, renchérit Rutha.

— Du jamais vu, dit Frankie.

— Sauf qu'elle existe, cette possibilité, ajouta Pacifida.

— Comment ? demanda la princesse.

— Prépare-toi à un long cheminement rempli d'entraves. Il faudra que tu redeviennes la princesse d'autrefois, indiqua Pacifida, la jeune femme fière et pure, sans malice.

— C'est une chose du passé, s'attrista Launa. J'ai un cœur de pierre.

— Tout dépend de toi, ma chérie, ajouta Morina. Il te faudra beaucoup de patience et être à l'écoute des autres.

— Et il faudra vivre simplement ce que je dois accepter, confessa Wilbras. Mère, j'ai un aveu à vous faire.

— Je sais. Tu as volé l'argent du royaume. Un homme de Pomrond est venu rapporter une partie de la somme, en fait presque la totalité. C'est peu de chose, cet argent, puisqu'il nous faudra affronter le pire.

— Le pire ? dirent en chœur ses enfants.

— Les temps sont à la révolte, poursuivit Éxir. Le royaume vous en veut, à vous deux, d'avoir créé le chaos ; toi, Will, avec l'armée, et toi, Launa, avec tes méchancetés envers ta mère. Nous nous sommes efforcés de réparer vos bévues au lieu de gouverner comme nous le devions. Il n'est pas exclu que le futur roi bannisse à nouveau la magie. Depuis le décès de notre roi, il n'a pas été démontré que le royaume était mieux gouverné par une enchanteresse possédant des pouvoirs magiques.

— Que pouvons-nous faire ? demanda Launa.

— Rien pour l'instant. Nous demeurons à l'écart, loin de la royauté, indiqua Morina.

Je vous demanderais de me promettre obéissance et respect, et ainsi, nous vous protégerons, ici, au Collège de la magie.

Launa baissa la tête, et Will échappa une larme. Encore une fois, leur mère démontrait une grande générosité et surtout un grand amour en leur accordant le pardon.

— Oui, mère, je promets à vous tous d'être obéissante et de vous respecter. Je ne chercherai pas à ravoir mes dragons. Ils sont entre bonnes mains avec Nina et Andrick. Par contre, je ne veux pas assister aux enseignements et être la risée de la classe.

Les enchanteurs se regardèrent. Elle disait vrai et, de plus, elle était une fée déchue.

— Je comprends. Nous verrons à ce que tu sois tenue à l'écart de la classe. Accepterais-tu des tâches ménagères?

Sur le coup, elle eut envie de se lever, de crier et de les injurier. Le mal était encore en elle. Il lui fallut tout un effort pour retenir cette envie d'agressivité. Elle se mordit la lèvre et baissa la tête.

— Bien, mère, répondit-elle.

— Et toi, Will? demanda-t-elle à son fils. Que désires-tu? Il faudra bien que tu te mettes à la tâche.

— Eh bien, mère, j'aimerais suivre des cours de couture.

Il y eut dans la salle un mouvement de surprise.

— Je sais ce que vous pensez. Loin de moi l'idée de vouloir me faire des costumes dispendieux. Je veux tout simplement accomplir un travail qui me plaise : coudre.

— Je trouve que c'est une bonne idée, dit Rutha en riant. Nous manquons de couturiers pour nos costumes de pièces de théâtre de fin d'année.

— J'approuve, ajouta Frankie en levant sa coupe de vin pour dérider l'atmosphère.

— Je propose un toast, dit Pacifida en se levant.

Tous se levèrent.

— À notre santé, dirent-ils tous ensemble.

— À nos dragons qui reviendront ! lança Frankie.

Launa grimaça de douleur. Les dragons. C'était ce qui lui manquerait le plus. Morina, qui la fixait, vit en elle la souffrance. « Elle est sur la bonne voie, songea-t-elle. Guérira-t-elle de ce mal qui la ronge ? Saura-t-elle oublier que nous ne faisons plus partie de la royauté et que nous ne sommes que de simples sujets ? »

CHAPITRE 27

LE NID D'AMOUR D'INFÉRA

Le retour d'Arméranda fut fêté en grande pompe, plus encore que la récupération du pentacle. Ils s'installèrent autour d'un grand feu. De larges tables furent rassemblées, et l'assistance fut conviée à un festin.

— J'ai une idée, dit Inféra en portant un toast à l'assemblée. Que diriez-vous de reconstruire mon ancienne demeure ?

— Ton antre ? supposa Andrick.

— Oui, les dragons vont revenir, et quel est le meilleur endroit pour Spino ?

— L'antre, crièrent les gens attablés.

— J'ai encore la bille qui a servi à le créer, dit-elle en sortant le petit objet de la poche de sa veste.

— En effet, ce serait amusant de le recréer, dit Nina. Mais sommes-nous assez puissants pour le faire ?

— Oui, je crois bien, répondit Kaal. Mais pas ce soir ! Parce que, voyez-vous, je suis un peu fatigué.

Tous se mirent à rire.

— Demain, alors ? rigola Nina.

Andrick riait. L'angoisse qui l'envahissait depuis quelques jours était disparue. La belle Arméranda le comblait d'une joie incommensurable. Maintenant, tout était possible. Le pentacle était sur le point d'être complété. Demain, Kaal et le jeune enchanteur se réuniraient pour incruster à tout jamais la dracontia au centre du pentacle. Dès lors, il ne manquerait plus que l'arrivée des dragons. Andrick était convaincu que cet événement était imminent ou, du moins, qu'il allait se produire d'ici une semaine ou deux.

— Ulrick a ressenti un profond appel, annonça calmement Arméranda.

— Comme quoi ? demanda Andrick, qui se gorgeait de croustilles aux légumes.

— Il n'a pas été clair sur ce point, indiqua-t-elle.

— Un appel comme porteur ? suggéra Kaal.

— C'est ce que j'ai cru comprendre, répondit-elle. Ils ont été en fusion de si longues années qu'ils ressentent le besoin de se retrouver.

En prononçant ces mots, elle lorgna vers Inféra qui demeura de marbre. Andrick la fixa à son tour.

— Si je comprends bien, dit-il, Ulrick deviendra en quelque sorte le dragonnier de Luftia et toi, de Spino, n'est-ce pas, Inféra ?

Elle rougit. Elle inclina la tête avant d'ajouter :

— Oui, j'ai beau me faire à l'idée que je ne suis pas la porteuse du pentacle, que c'est toi, Andrick, qui est censé être le gardien de tous les dragons, ma tête ne peut s'empêcher d'oublier que j'ai porté Spino et vécu de nombreuses années avec lui. Ah, bien sûr, je n'étais pas aussi décontractée qu'Adora ! Spino profitait de mes colères pour émerger et me faire encore plus rager. Pourtant, je m'ennuie de cette belle complicité que nous avions entre nous.

— Si je poursuis ce raisonnement, hésita le porteur du pentacle, Talfryn serait le dragonnier de Nahéma.

— Mais non, il est censé être à moi, interrompit Nina, choquée. Tu dis n'importe quoi, mon frère.

Il grimaça.

— D'accord, je dis n'importe quoi, indiqua-t-il. Si je poursuis ce même raisonnement, Draha serait à Adora, et Aqualon, à qui pourrait-il être d'autre qu'Imarène ?

— Oui, il semble que ce soit ça, répondit Arméranda.

— Mais Imarène est une sirène. Elle ne peut pas être une dragonnière. Elle vit dans l'eau ! s'insurgea le porteur.

— Je ne sais pas quoi te répondre, Andrick, dit la jeune cavalière.

— Et nous ? demanda Nina. Nous n'avons plus de dragon.

— Ouin, ma jumelle a raison. Moi qui suis le porteur du pentacle, je n'aurais aucun dragon selon cette logique.

— Mais si, Gord, dit Philémon.

— Et toi, Nina, tu aurais Drak, ajouta Inféra.

— Mais ce sont les dragons de Launa.

Il y eut un silence.

— Ce n'était qu'une supposition, dit Arméranda.

— Qu'en dis-tu, toi, Inféra ? insista Andrick.

— Je pense que Spino cherchera son antre et désirera que je sois sa dragonnière.

Les jumeaux en eurent le cœur gros. Les porteurs avaient vécu avec eux de longues années, et il était normal qu'ils leur soient fidèles.

— Donc, je peux reconstruire mon antre ? demanda Inféra.

— Je crois que la réponse est oui, répondit affectueusement Philémon. Ce sera notre nid d'amour.

— Oh ! rougit Inféra.

CHAPITRE 28

DRAHA

À des milliers de kilomètres de là, Draha, accompagnée des autres dragons, avait atterri près du lieu où Lorin, un Elfe sentinelle, avait laissé tomber les œufs contenus dans un filet. Depuis plus d'une semaine, elle cherchait désespérément ses petits à la Terre des Elfes, convaincue qu'ils étaient encore vivants. Tout le long de sa recherche, elle émettait de longues plaintes sans jamais entendre une réponse à ses gémissements.

Mais, en ce moment, après autant de jours à les rechercher, elle n'était plus sûre de rien. D'abord, elle fut ravie de retrouver les coquilles parsemées et cachées par l'herbe haute. Sa joie fut de courte durée. Elle avait beau les renifler, il ne restait pratiquement plus rien comme odeur. La pluie et le temps avaient effacé toute trace de sa progéniture.

Elle tournoya au-dessus de la forêt noire et près du château des Elfes noirs en émettant une énième fois une longue plainte. Enfin, elle perçut de petits cris très lointains, semblables à ceux d'oisillons nouveau-nés. Enthousiaste, elle vola en direction de ces bruits, suivie de Spino, Nahéma, Aqualon et Luftia. Ils atterrirent près d'un pin bicentenaire et d'un grand hangar.

Ignorant si des personnes malfaisantes se cachaient dans le grand bâtiment, Draha poussa de faibles cris craintifs. Des piaillements se firent entendre. Elle s'avança doucement vers l'entrée de la bâtisse. Les portes étaient grandes ouvertes. Elle poursuivit son avancée dans le bâtiment.

Près de l'entrée, un petit enclos en bois était éclairé grâce à des lampes alimentées par des piles composées de deux pommes de terre. Draha fit un pas de plus et passa sa tête au-dessus de l'enclos. Un des petits émit un roucoulement. C'était un joli dragonneau vert aux reflets bleutés, avec des oreilles pointues. À côté de lui, un autre dormait. Il avait une crinière brunâtre et une fourrure aux tons cuivrés. Il y en avait un troisième, d'un bleu turquoise, avec une extrémité de queue comme celle des poissons, qui se mordillait le pouce. Elle n'eut aucune difficulté à conclure que c'étaient ses petits.

Encore en extase du fait d'admirer sa progéniture, elle vit un homme bouger à l'arrière de l'enclos. Elle alerta les quatre autres dragons en lançant un super cri perçant. Aussitôt, ses compagnons surgirent en défonçant un des murs de la façade. Des planches fracassées passèrent au-dessus de l'homme et certaines heurtèrent la clôture. L'édifice craqua soudainement, et de grands pans du toit tombèrent.

En raison de tout ce tapage, les dragonneaux pleurèrent fortement, et l'homme figea sur place. Devant lui se dressaient cinq majestueux dragons qu'il avait aperçus brièvement quelques jours plus tôt.

— Holà, s'étonna-t-il face à cette attaque soudaine.

Par le mur défoncé, Dévi Wévi, l'enchanteur le plus inventif du continent Alphard, chercha du regard les membres de la chevalerie du Pentacle dans les parages. Personne ne s'y trouvait. Ce fait suscita chez lui un sérieux questionnement. Il n'eut pas le loisir de réfléchir plus longtemps pour en trouver la raison. La dragonne à quelques mètres de lui se cambra et était prête à lancer des flammes. Les autres dragons se mirent en position d'attaque. Dévi se sentit menacé. Des traces de transpiration apparurent le long de ses tempes, et il commença à trembloter. Fort heureusement, il connaissait quelques mots de la langue dragon-fée apprise dans sa jeunesse.

— *Oule oua, oule oua, hurr oute*[12], dit-il avec douceur.

Il répéta la phrase de nombreuses fois comme s'il s'agissait d'une berceuse. Enfin, les jeunes dragons se calmèrent, et Draha se raidit de surprise en l'entendant ainsi parler avec tant de tendresse tandis que les quatre autres restaient sur la défensive.

Ne croyant nullement qu'il pouvait s'en tirer, il chercha désespérément une expression pour les calmer ou, du moins, pour qu'un soupçon de confiance naisse en eux. D'un ton incertain, il se risqua :

— *Sil nargi no lim*[13].

---

12. Tout doux, tout doux, gentille bête.

13. S'il vous plaît, ne me mangez pas.

Cette petite phrase lancée misérablement fit rire Spino. Les autres se mirent à rire, sauf Draha.

— Ma chère Draha, rigola-t-il, le pauvre homme prend soin de tes petits, et c'est comme ça que tu le remercies ? Vois, ils ont de la paille et des seaux d'eau dans la cage. C'est un homme bon.

La jolie dragonne inclina de côté sa tête. Dévi, qui suait à grosses gouttes, patienta. Lorsque Draha relaxa et plaça son museau entre deux planches de la cage, il comprit qu'il était sauvé, du moins pour l'instant. Il ouvrit avec précaution la porte de l'enclos et les appela pour sortir.

— Allez mes petits, venez !

Les petits mesurant 45 centimètres marchèrent jusqu'à la porte, puis hésitèrent. Ils restèrent sur le seuil de la cage. Draha ronronna et émit quelques doux mugissements. Reconnaissant l'appel de leur mère, ils coururent joyeusement vers elle.

En entendant tout ce vacarme et le cri d'un animal affolé quelques minutes plus tôt, Marianne sortit de sa résidence, accompagnée de ses enfants Vanou, Chocolatine et Nouga, ainsi que de son chien Kiki. En voyant les grosses bêtes, le Yorkshire dans les bras de Nouga se libéra et affronta courageusement les créatures en aboyant avec fureur. Dévi craignit que la situation ne s'envenime.

— Faites taire Kiki au plus vite! cria Dévi encore à l'intérieur du hangar.

Marianne rattrapa le chien qui continuait d'aboyer. En raison de ses nombreux jappements, Spino montra des signes d'impatience. Il sortit du hangar et fit quelques pas en direction de Kiki. Il était sur le point de le griller lorsque la petite Nouga, âgée de six ans, se cacha derrière sa mère et se mit à pleurer. Le puissant dragon rouge s'accroupit et baissa la tête en signe de soumission. Pour la divertir, il cligna de ses grands yeux brillants et grimaça. La petite cessa de larmoyer. Tenant la jupe de Marianne, elle commença à sucer son pouce.

— Est-ce que ça va? demanda doucement Marianne à son mari.

— Oui, ça va. Je n'ai rien. Je ne peux sortir du hangar. Les dragons bloquent le passage. Est-ce que tu vois Andrick et les autres, ma chérie?

— Non, répondit-elle faiblement. Qu'est-ce qu'on fait?

Quelques jours plus tôt, il avait vu deux yokeurs volant plus à l'ouest. Il avait reconnu Adora et Waldo sur leur monture qui se dirigeaient vers le château des Elfes noirs. Il avait compris que le couple d'amoureux s'établissait à cet endroit. Il en avait conclu que sa mission comme chevalière était terminée.

— Il faudrait aviser Adora ; c'est la seule qui saura s'y prendre avec sa dragonne.

— Bonne idée ! Sauf que tu n'es pas en position de le faire, ni moi d'ailleurs.

En entendant le nom de sa porteuse, Draha s'accroupit et dégagea l'entrée du hangar. Les petits l'entourèrent, et Aqualon vint se positionner près de sa belle. Nahéma recula et vint rejoindre Spino qui faisait encore le bouffon pour égayer la petite.

Dévi fut surpris et soulagé que Draha libère ainsi l'entrée. Il avait maintenant le champ libre et il en profita pour rejoindre sa famille.

Il n'était qu'à une cinquantaine de kilomètres du château de Waldo et Adora. Mais, sans dragnards ni chevaux, il ne lui restait que la marche.

— Il me faudra un ou deux jours pour m'y rendre à pied.

Spino comprit, à l'expression de Dévi et de Marianne, qu'ils avaient besoin d'aide. Il s'approcha de lui et rugit :

— *Grupta*[14].

— *Grupta*, répéta Dévi, incrédule. J'ai cru entendre le mot *grupta*.

Marianne haussa d'incompréhension ses épaules. Amusé, Dévi le fixa dans les yeux. Spino ajouta :

— *Lim mical*[15].

— *Grupta toune*[16], hésita à dire l'enchanteur en pointant d'abord le dragon et ensuite lui-même.

Le dragon rouge abaissa sa tête plusieurs fois en signe d'approbation.

— Ça alors. Tu parles. Il m'invite à faire un vol sur son dos, un vol de dragon. Yé ! Ça fait des lunes que j'en rêve.

Marianne en fut terrorisée.

— Non, Dévi, tu ne monteras pas sur ce dragon. Tu ne sais même pas comment le chevaucher.

— Pardi, je vais faire comme si c'était un dragnard.

---

14. Vol.

15. Je suis ton ami.

16. Nous allons voler ensemble.

— Mais, ça fait longtemps que tu n'as pas chevauché un dragnard, insista-t-elle.

— Hi, hi, hi, ça ne se perd pas, ça! C'est comme nager.

Nouga recommença à pleurer.

— Tu vois! Tu fais pleurer Nouga. On devrait envoyer un pigeon. Ce serait moins dangereux pour toi; je veux dire… c'est une grosse bête.

— Mais non, et d'ailleurs Adora sera la première à s'enthousiasmer de revoir un dragon.

Spino se redressa et secoua la tête positivement à plusieurs reprises.

— Regarde, même lui, il est d'accord! Tu vois, il ne veut que mon bien.

— D'accord! Tu as le dernier mot. Mais reviens vite.

— Okidoki! dit-il tout excité.

Puis ce fut au tour de Vanou et Chocolatine de pleurer. Pour les consoler, il les embrassa.

— Ne soyez pas inquiets; vous voyez bien que les dragons seront sages. Draha est avec ses petits.

Voyant que la dragonne s'était entourée de ses dragonneaux et que, de toute façon, lorsque Dévi avait une idée en tête, il n'en démordait pas, Marianne décida de rentrer à la maison avec les enfants.

Heureux et excité, Dévi fit apparaître une selle et des sangles. Spino s'accroupit. Dévi prit soin de le flatter et de le complimenter avant de grimper sur sa selle.

— Wow! s'écria-t-il une fois bien assis sur la selle. J'ai une vue splendide de là-haut.

Spino pensa que le wow signifiait de partir immédiatement. Diligemment, il allongea ses ailes et, en deux puissants battements, il s'éleva. Dévi, n'étant pas préparé à s'envoler si rapidement, fut déstabilisé pendant une fraction de seconde, mais il empoigna le dos de la bête, ce qui l'empêcha de tomber. Il se ressaisit et parvint à prendre les rênes et à diriger le dragon rouge vers le château des Elfes noirs.

Moins d'une heure plus tard, Adora, qui taillait des rosiers, fut surprise de reconnaître Dévi sur le dos de Spino. Elle déposa sur le sol son sécateur et son panier, et se redressa pour observer les moindres gestes du dragon et de son cavalier. Dévi s'amusa à voler en rond au-dessus de la charmante Elfe et au-dessus du château. Il rit de la voir décontenancée.

— *Dakom*[17], souffla-t-il à Spino.

Aussitôt, la bête lui obéit. Le dragon entreprit ses manœuvres d'atterrissage en regroupant ses jambes et en relevant la tête. Ses ailes s'inclinèrent à la verticale, et quelques gros battements firent en sorte que la vitesse diminua. Il se posa à une dizaine de mètres de l'Elfe, et le vent causé par ses mouvements fit soulever ses cheveux et sa robe.

— Mais qu'est-ce qui se passe ? s'inquiéta Adora en courant vers lui. Pourquoi Spino est-il ici ? Où sont Draha et les autres ?

Il reconnut la jolie Elfe vêtue d'une longue tunique dans des tons de vert et d'ocre. Il remarqua aussi sa taille légèrement épaissie, probablement en raison de la venue d'un futur enfant. Après les salutations d'usage, il annonça :

— Il semble que les dragons soient revenus d'eux-mêmes à la Terre des Elfes sans les chevaliers. Ils sont tous là avec les petits de Draha.

— Les petits ? s'étonna Waldo qui avait rejoint sa bien-aimée.

— Ouais. Votre dragonne est chez moi, et j'ai pensé que je devais vous en informer.

---

17. Atterris.

— Ça alors! Draha, ici? s'étonna l'ancienne porteuse.

— Je croyais les petits morts, dit l'Elfe à haute voix.

— C'est tout à fait par hasard que je les ai réchappés, admit le visiteur. Je marchais dans la clairière quand de drôles de petits cris m'ont intrigué. C'est alors que j'ai trouvé trois dragonneaux plutôt maigres et affamés. Comme je ne voyais aucun dragon à l'horizon, je les ai pris et je les ai emmenés chez moi pour les nourrir en espérant que les parents viendraient les chercher. C'est ce qui est arrivé, sauf que j'ai été étonné de ne pas voir les jumeaux, ni Flavie, Ramon et les autres.

— Waldo, les petits de Draha. J'ai peine à croire qu'ils sont vivants.

— Et ils sont tous aussi charmants l'un que l'autre, s'empressa d'ajouter Dévi.

— Mon amour, il faut que j'y aille.

— Mais, ma bien-aimée, tu ne devrais pas te déplacer autant, étant donné ta condition, s'alarma Waldo.

Adora rit et caressa son ventre à peine arrondi.

— Ne t'inquiète pas, mon yokeur vole avec douceur. Et puis, je dois dire que Draha me manque. Je ne peux l'expliquer. Elle a fait partie de moi si longtemps que je ressens le besoin de la revoir. Je l'ai portée si longtemps.

Waldo l'enlaça et lui baisa la main en lui susurrant à l'oreille :

— Je savais que ce jour viendrait. Ta place est comme dragonnière.

CHAPITRE 29

L'APPEL

S e prélassant en mangeant des petites
bouchées de tapenade d'anchois étendue
sur des biscuits aux algues, Imarène s'ennuyait dans le joli salon décoré avec soin.
Depuis qu'elle était mariée avec le beau
Louis Gorgon, elle y passait de longues
heures, seule à écouter des coquillages qui
émettaient différentes musiques ou à
regarder des performances exécutées par
des poissons-clowns. Mais tout ça, ce n'était
que d'ennuyeux spectacles censés l'égayer.

Comme elle avait vécu loin de sa famille
Émeraude, elle n'avait aucune habileté, que

ce soit pour le jardinage avec des plantes aquatiques ou pour des travaux d'artisanats tels que le tissage de la soie de mer et l'enfilage de perles pour en faire des colliers, ou encore pour la fabrication de coffrets décorés de coquillages. En fait, sa seule habileté était d'ensorceler les marins par son chant et de les faire tomber dans l'eau.

Elle n'avait revu ni ses sœurs, ni ses parents Poséidon et Pélée, depuis son emménagement dans le magnifique royaume de la famille Gorgon. À plusieurs reprises, elle avait presque failli écrire à ses sœurs et leur dire qu'elle passait ses journées à se morfondre dans le magnifique palais. Mais ce qui lui manquait le plus, c'était la présence d'Aqualon, son dragon. Elle se désolait qu'à son réveil, elle n'avait pu admirer son dragon qu'une dizaine de minutes, le lendemain de la cérémonie de la reconstitution du pentacle. Elle s'en voulait terriblement.

En fait, dès qu'elle l'avait aperçut, elle avait eu tellement peur qu'elle en avait tremblé de tous ses membres et même jusqu'au bout de sa queue. Fort heureusement, il s'était montré gentil et aimant. Il l'avait saluée en lui caressant délicatement de son museau ses longs cheveux d'un beau vert pistache. Une fois rassurée, elle avait répondu à son bonjour par une petite tape sur sa grosse tête et elle lui avait dit :

— Tu vas me manquer !

Maintenant, elle regrettait de ne pas lui avoir démontré plus d'affection, de ne pas l'avoir étreint par le cou et de ne pas lui avoir souhaité de la chance et du bonheur. Elle déplorait aussi de ne pas avoir dit un dernier au revoir à ses parents adoptifs, Flavie et Ramon, qui avaient veillé sur elle et ses sœurs durant de si longues années. Elle soupira. Quelle sirène ingrate elle était ! La vie lui semblait tout à coup terriblement morne. Jamais elle n'avait ressenti une telle détresse. Elle était sur le point de pleurer lorsqu'un bruit léger la fit se retourner vers l'entrée du salon.

Gracieusement, un poisson-messager nagea jusqu'à elle. C'était un joli et gentil poisson-lime à taches orange. Il tenait très serrée entre ses dents la courroie d'un étui cylindrique.

— J'ai du courrier, s'écria-t-elle de joie en claquant dans ses mains.

Délicatement, elle lui retira l'étui et l'ouvrit. Elle reconnut le papier fin du royaume Émeraude et en fut toute bouleversée. Elle donna à son messager quelques friandises marines en guise de remerciement. Il les avala en deux secondes. Puis, il esquissa une demi-révérence et quitta les lieux.

Imarène déroula la lettre et la lut. Elle reconnut l'écriture élégante et souple de Bibiane.

— « Chère Imarène, lut-elle à voix haute.

» Depuis quelque temps, mes sœurs et moi songeons à retourner à notre ancien habitat, celui de la grotte du dragon d'argent, notre ancien repère, là où nous avons vécu de si belles aventures. Hier, d'un commun accord, nous avons convenu d'y retourner. Nous partons dès maintenant.

» Bien que Louis soit de nature agréable et qu'il soit sûrement très attentif à ton bien-être, mes sœurs et moi espérons que tu pourras te libérer pour nous rejoindre à notre ancien repère. Mère croit que nous allons te retrouver à ta nouvelle demeure ; alors il faudra que tu envoies un petit message à notre mère disant que nous avons fait un bon voyage. Ce sera notre secret.

» J'espère que tu trouveras une excuse parfaite pour éviter que Louis nous dénonce ou qu'il s'inquiète de ton départ. Ma très chère sœur, nous t'attendons. Toutes réunies, nous allons nous remémorer de beaux souvenirs à propos d'Aqualon, ce majestueux dragon si beau avec ses ailes bleues et ses yeux de saphir. Je le revois gracieux, volant dans le ciel. Comme j'ai admiré ce magnifique corps aux couleurs de la mer !

» Oui, chère sœur, nous nous ennuyons de toi. Viens nous rejoindre dès que possible. Là-bas, nous pourrons nous rappeler nos escapades à l'Île des Brigands ainsi que toutes nos belles folies et tous nos méchants tours.

» Ici, père et mère ne sont pas très imaginatifs : beaucoup de réceptions aux homards, et des soirées arrosées au champagne. Tout ce clinquant pour qu'un prétendant veuille bien nous demander en mariage. Au grand désespoir de nos parents, nous n'avons pas encore trouvé un triton assez attirant pour nous ancrer à son palais. »

Imarène rit. Bien sûr, père pensait que ces réceptions somptueuses impressionneraient toute la haute société d'Océanie et de Coralie.

— « Nous pensons à toi et espérons que tu pourras te libérer pour nous rejoindre. Qui sait, peut-être ferons-nous, comme dans le bon vieux temps, tomber des marins à l'eau ?

» Ta sœur aimante, Bibiane. »

Elle échappa une larme. Elle regarda autour d'elle le palais royal aux riches ornements et aux peintures admirables.

« Wow ! Enfin un prétexte pour quitter ce château ennuyeux. Oh ! Je ne devrais pas dire ça. Louis fait de son mieux pour me divertir. Malheureusement, les affaires royales l'accaparent trop. Mais quelle excuse vais-je inventer ? Oh ! Si je jouais la carte de la dépression. Hi, hi, hi. Il ne faudrait tout de même pas que j'exagère et qu'il s'en inquiète au point de faire appel à des sangsues pour analyser mon humeur. Ou bien, je pourrais tout simplement invoquer que j'ai besoin de liberté, de changer de décor. Ouin, ce serait plus plausible. Mais saura-t-il me comprendre ? »

Elle se rendit au bureau de son mari. Il était débordé. Il classait de nombreux documents en plaçant des mollusques de couleur sur des amas de papiers. Il leva un gros mollusque à la coquille rouge pourpre sur une pile et y glissa d'autres papiers.

— Voyons, dit-il d'un ton désespéré, encore plus d'urgences au pays.

Il lit en diagonale d'autres feuilles et les plaça sous une autre pile.

— Oh là là! Les règlements de conciliation entre les différents royaumes. Peuh! Ça peut attendre.

Il jeta un coup d'œil à la personne qui venait d'entrer. Il sourit.

— Ah! C'est gentil de venir me visiter, ma belle Imarène. Ouf! Tellement de paperasse; je ne sais plus par où commencer. Il est sûr que je dois prioriser les urgences, mais il y a aussi celles qui sont moins urgentes, et si je ne les traite pas immédiatement, elles deviendront par le fait même urgentes. Tout un problème!

— Tu n'as pas quelqu'un qui puisse t'aider? dit-elle en se glissant sur un fauteuil allongé flottant.

— Si, mon père, rit-il. J'ai voulu jouer au plus fin et je lui ai dit que j'étais capable de gouverner. Fiou! Je me rends compte que c'est quelque chose bien au-delà de mes capacités. Mais j'y pense, pourquoi es-tu venue jusqu'à moi?

— Ah, comme ça.

Il sourit.

— Est-ce que ma jolie petite sirène d'amour s'ennuie de moi?

— Euh… s'ennuie tout court, dit-elle. J'aurais besoin de changer d'eau.

— Hum… Notre royaume est le plus majestueux de tous, le plus propre à des kilomètres à la ronde grâce à nos puissants mollusques filtreurs, et tu voudrais changer d'eau ? Je ne comprends pas !

— Mais si, avant que j'emménage avec toi, j'avais coutume d'être avec mes sœurs et de…

— De faire tout à ta guise, l'interrompit-il, hum… maintenant que tu es la reine de ce royaume, tu ne peux plus flâner comme tu le faisais auparavant.

— Je le sais bien, s'attrista-t-elle. Je suis prisonnière de cette belle cage dorée.

— Hum… Je comprends. Je crois saisir que tu t'ennuies de tes sœurs, mais peut-être davantage d'Aqualon.

Elle ouvrit grand les yeux et se redressa. Louis frétilla jusqu'à elle, la souleva et la fit tournoyer dans ses bras.

— Moi aussi, j'ai besoin de changer d'eau. Allons voir notre père !

— Tu veux ? s'étonna-t-elle.

— Oui, ma belle. Je suis prêt à tous les sacrifices pour te rendre heureuse.

Elle était renversée qu'il la comprenne aussi bien.

Cependant, il ne pouvait s'imaginer que cette excursion en amoureux allait changer pour toujours leur existence ; en effet, l'appel de devenir dragonnière serait d'une telle intensité qu'Imarène n'aurait qu'un seul désir : quitter la vie marine pour adopter à tout jamais la vie terrestre. Même tout l'amour que Louis avait pour elle ne pouvait empêcher cet appel puissant. Est-ce que Louis saurait comprendre cet appel ?

CHAPITRE 30

DRAHELLE

Dès leur arrivée à Citéforte, Talfryn
plaça l'œuf de dragon dans sa chambre
et le surveilla nuit et jour. Lorsque dans la
nuit, il entendit un craquement, il comprit
qu'un petit être venait au monde. Entre les
éclats d'œuf, une petite tête d'un dragon vert
turquoise surgit. Il avait une crinière brune
et une figure si sympathique que Talfryn rit.
Il l'aida à se départir de sa coquille.

Dès que le poupon fut à l'air libre, il fris-
sonna. Talfryn le prit avec lui, l'entoura d'un
mouchoir et se coucha, mais le dragonneau
piailla. L'ancien porteur de Nahéma mit son

petit doigt dans la bouche du petit être. Celui-ci lui aspira le doigt avec vigueur. Il comprit qu'il avait faim. Mais qu'est-ce que mange un bébé dragon?

Il glissa le petit dans la poche de sa tunique et alla à l'étable. Il remplit un petit bol de lait de chèvre qu'il présenta au dragonneau. Celui-ci, après quelques tentatives désastreuses, réussit à laper le lait comme le ferait un chat. Charmé par le petit, Talfryn se rendit à la salle à manger du palais. Il fut enchanté d'y trouver Yuka et Brian.

— Regardez, leur dit-il. Il est né cette nuit.

Yuka se leva et s'approcha du jeune enchanteur. Elle prit le dragon et l'examina sous toutes ses coutures. Le petit se démenait et tenta de la mordre. Yuka rit.

— Oh, il a de la vie, ce petit. Je veux dire, cette petite.

— C'est une fille? s'étonna Talfryn.

— Oui, une fille, répondit Yuka. Comme je l'avais promis, nous l'appellerons Drahelle.

Talfryn approcha un doigt pour caresser le museau de la petite.

— Drahelle, tu t'appelles Drahelle, ma jolie.

La petite hennit.

— Tu vois, elle aime son prénom.

— Il lui faudra de la bonne nourriture pour qu'elle devienne forte, indiqua Brian.

— Que mange un bébé dragon? demanda l'ancien porteur.

— Du lait et de la bouillie d'avoine.

— Oh! C'est simple, indiqua le jeune enchanteur.

Pendant plusieurs jours, Talfryn prit soin de Drahelle. Elle grandissait rapidement et commença à voler au bout d'une semaine. Le porteur devint très triste. À Citéforte, l'hiver approchait et, bientôt, il n'y aurait qu'une petite zone chaude et confortable pour Drahelle. Il pressentait que, d'ici peu, dès que ses ailes seraient assez puissantes, elle ne resterait pas. Elle volerait vers le sud comme le font de nombreux oiseaux. Elle tenterait de rejoindre les autres dragons, car il était sûr qu'elle saurait les retrouver.

De plus, il s'ennuyait terriblement de Nahéma. Il avait beau s'occuper de Drahelle, ses pensées allaient inlassablement vers sa dragonne, sa magnifique dragonne blanche.

Assis en bordure du lac où huit geysers maintenaient l'eau à une température paradisiaque, il lançait des roches le plus près possible du centre du lac tout en jetant un œil protecteur sur son dragonneau. Yuka l'observait. Elle s'approcha de lui tout doucement.

— Qu'est-ce qui ne va pas, Talfryn ?

Il sursauta et la dévisagea.

— Rien, répondit-il.

— Pourtant, ce n'est pas ce que je ressens. Tu es triste et déprimé.

— Je sais. J'ai la sensation que ma place n'est pas ici.

— Hum… Tu veux plutôt dire que ta place est auprès des autres porteurs.

Il blêmit. Elle avait deviné juste.

— Oui, mais l'hiver s'en vient. Je ne pourrai pas utiliser les Cloques[18] pour rejoindre les autres dragons à Dorado puisque l'océan ne sera d'ici peu qu'une surface gelée et que les Cloques iront en hibernation.

— Ne t'en fais pas, dit une voix mâle derrière lui.

---

18. Les Cloques sont de grands mammifères marins d'humeur agréable ayant l'apparence d'une île à la surface de l'eau (se référer au tome 7 – Un vent malsain).

Yuka et Talfryn se retournèrent. Brian marcha vers eux.

— Il est encore temps, dit Brian. Les eaux se solidifieront dans deux ou trois semaines. Les Cloques pourront nous conduire directement à Dorado et non à Ankoda. C'est le chemin le plus direct.

— Seul avec Drahelle, je ne suis pas sûr d'arriver à bon port.

— N'aie crainte, je t'accompagnerai. Moi aussi, je ressens un profond désir de retourner vers mon pays natal.

— Eh bien, si c'est le cas, je vous accompagnerai. Je m'ennuie moi aussi, on dirait bien, confia Yuka en riant.

Talfryn se releva, les embrassa ainsi que Drahelle.

— Tu vois, ma belle, tout finira bien. Tu verras ton papa et ta maman.

Le dragonneau émit un petit cri de joie.

— Vous voyez, s'enthousiasma-t-il. Elle aussi est d'accord.

CHAPÎTRE 31

VΠE OMBRE
À LA LÎBERŤÉ

Arrivés à l'endroit convenu, seuls Andrick et Kaal pénétrèrent dans la grotte. La troupe resta à l'extérieur et attendit. Les heures passèrent, et la nuit arriva. Pas un son ne s'échappait de la caverne. L'air était de plus en plus frais. Léomé et Philémon préparèrent un feu. Ils commencèrent à s'impatienter. L'atmosphère festive fit place à l'anxiété.

— C'est bien long, dit Nina qui bâillait et frissonnait.

— Est-ce normal ? demanda Philémon en s'adressant à la reine.

— Je n'en sais rien, c'est une première, répondit Sophia, anxieuse.

Avant de partir, Kaal avait embrassé sa fille et son fils avec tant de force qu'elle présageait le pire pour son père.

— Devrions-nous aller voir? s'inquiéta Inféra.

— Non, surtout pas, il nous faut attendre! ordonna la reine.

Groupés autour du feu, ils finirent par s'endormir. Personne ne perçut les éclats bleutés qui s'échappèrent de l'entrée de la grotte à l'aube, ni les quelques faibles gémissements. Andrick ressortit en portant le pentacle à son cou. Il descendit lentement le flanc incliné de la montagne. Il rejoignit le groupe qui dormait à l'extérieur. Il se plaça près de sa sœur et la regarda sommeiller. Sa jumelle entrouvrit les yeux.

— Andrick, dit-elle.

— Oui, c'est moi.

— Le pentacle est complet?

— Oui, il est maintenant complet, dit-il d'une voix tremblotante.

— Où est Kaal?

Andrick échappa une larme avant de poursuivre :

— Ce fut non seulement le scellement de la dracontia au pentacle, mais aussi la passation des pouvoirs magiques.

Elle comprit immédiatement l'allusion. Elle se redressa.

— Tu veux dire… que Kaal est…

— Oui, c'est bien ça, soupira-t-il. Je suis maintenant un mage, et cet exploit de reconstitution du pentacle d'origine avec au centre la dracontia a été très difficile pour lui. Il lui a fallu mettre toute son énergie.

— Oh! Ce n'était pas quelque chose d'attendu.

— En effet, dit-il en sanglotant. Heureusement, il n'a pas souffert. Tout s'est fait avec une telle magnificence, une telle beauté que je n'ai pas compris que c'étaient ses dernières paroles et ses dernières volontés lorsqu'il m'a transmis ses pouvoirs avec la pierre.

— Et? demanda-t-elle en lui prenant la main.

— Il veut que les porteurs de dragons et les dragons soient réunis pour être en mesure de défendre le pays.

— Les porteurs comme Talfryn?

— Oui, comme aussi Adora, Ulrick et Imarène, ajouta Andrick en s'essuyant le nez avec un mouchoir.

— Mais… pour Imarène, n'est-ce pas un problème ?

— Je sais, c'est là le plus gros problème. Kaal m'a instruit sur ce point. Crois-moi, nous avons encore beaucoup de travail à faire. Dans un premier temps, il nous faut trouver une dague de safre auprès d'une sorcière qui vit à la croisée de la Terre des Elfes, d'Achille et Dorado. Cette dague permet aux sirènes et aux tritons de passer d'une vie marine à terrestre et à nous, humains, de devenir des sirènes et des tritons.

— De façon permanente ?

— Je n'en sais rien. Tout ce que je sais, c'est que des mauvais jours sont encore à prévoir. Aux dires de Kaal, des esprits malveillants rôdent. Selon lui, nous aurons à nous exiler loin de notre terre natale avant que Dorado redevienne ce pays où il fait bon vivre.

— Bien, répondit-elle en lui serrant la main. Tu sais, mon frère, je commençais à m'ennuyer.

— Déjà ? dit-il en riant.

Elle acquiesça en souriant.

— Viens te coucher près de moi, mon cher Andrick ; j'ai encore sommeil, dit la jumelle en relevant la couverture et en lui faisant une place.

— Moi aussi, je m'endors. Je crois qu'il y aura beaucoup d'action d'ici peu, dit-il en s'allongeant près d'elle.

— Si vite que ça? demanda-t-elle en bâillant.

— Oui, j'ai l'impression que cette dague de safre ne sera pas si facile à obtenir.

— Tu as sûrement raison. J'ai peine à croire que Kaal nous ait quittés.

— C'est ce qui me chagrine le plus.

Olibert avait fait le tour du château, visité les moindres recoins et en était venu à la conclusion que bien des choses devaient être soit changées, soit démolies ou bien réaménagées. Assis à son nouveau bureau, il calculait.

« Je pourrais bien revendre ces meubles démodés, mais qui en voudrait? Ils sont gros, lourds et laids. »

Il se pencha à nouveau sur sa feuille et ajouta d'autres dépenses.

« Le château tombe en ruine. Il faudra y apporter de nombreuses réparations et rénovations, sans parler des frais des festivités pour mon couronnement. Hum... songea-t-il, il me faut des habits et une coiffe digne de mon rang ; après tout, je suis le roi. Hum... il faut que j'instaure un système efficace qui me rapporte beaucoup de pièces d'or. Oui, comme le prélèvement d'impôts. C'est le seul moyen d'enrichir le royaume rapidement. Les évaluateurs royaux parcouraient tout le Dorado, mais leur mission ne consistait qu'à juger de l'état des récoltes et non à percevoir des quantités précises en fonction des récoltes obtenues. Les gens donnaient ce qu'ils voulaient à la famille royale ; désormais, j'imposerai un certain pourcentage et j'exigerai que les paiements se fassent en pièces d'or et non en boisseaux. Pourquoi pas 20 pour 100 ? Oui, je vais instaurer un vrai système monétaire ; fini le troc, ce système d'échange désuet. Les pièces s'appelleront des Olibert d'or, tiens des Oli d'or, c'est plus court. Oui, 20 pour 100 de leur production, ce ne sera pas exagéré. À moi des milliers d'Oli d'or. »

Hier, dans la journée, il avait aussi fait le tour de son armée et constaté le peu d'hommes à son service.

« Il me faut doubler la quantité d'hommes. Il manque aussi quelques servantes. »

Il rit.

« Je sens que les gens auront toute une surprise. Je ne ferai cette annonce des nouvelles perceptions qu'après mon couronnement, alors qu'ils auront bien bu et bien festoyé. Ils comprendront que la facture pour me fêter est pour le moins élevée et que c'est moi qui gouverne. »

Il déposa sa plume.

« Hum… qu'est-ce que je fais du Collège de la magie et des chevaliers qui sont revenus sans les dragons ? »

Il se gratta le menton.

« Je sais. Dès que j'aurai ma nouvelle armée, je les chasserai tous. Qu'ils s'en aillent ailleurs, ces chevaliers d'une nullité risible, avec ces deux dragons noirs. »

Puis, il se rappela qu'il devait son nouveau rang au chevalier Galaad Monvieux.

« Hum… je l'aurai à l'œil, lui et ses semblables qui se cachent dans les montagnes. Je trouverai le moyen de les anéantir, eux aussi. Je suis maintenant le roi et pour longtemps. Ha, ha, ha ! »

Ne manquez pas
le dernier tome de la série,
le tome 12

L'OPPRESSION

DE LA MÊME AUTEURE

LES 5 DERNIERS DRAGONS

Tome 1 : L'enlèvement

Tome 2 : L'épreuve

Tome 3 : La Terre des Elfes

Tome 4 : Le diamant de lune

Tome 5 : Les Oubliés

Tome 6 : La Cité de glace

Tome 7 : Un vent malsain

Tome 8 : Le destin de Rajni

Tome 9 : Le sacrifice

Tome 10 : Le soleil noir

L'ÂME D'UNE DÉTECTIVE

Livre 1 : Mosaïque

Livre 2 : Déesses de glace

Livre 3 : Animal

Sortilèges, salsa et compagnie

Tome 1 : L'Évènement

Tome 2 : Euphorie

Tome 3 : Révélation

Tome 4 : Sous haute surveillance

Le monde selon Skyz

Tome 1 : Le second élément

Lexique

Voici un court lexique universel (français — dragon fée et dragon-fée — français) permettant de parler au dragon.

FRANÇAIS	DRAGON-FÉE
AMI	MICAL
ATTERRIR	DAKOM
BÊTE	OUTE
BONJOUR	SOIGON
DOUX	OUA
ENSEMBLE	TOUNE
FAIRE	NU
GENTILLE	HURR
HORIZONTAL	GERU
J'AI FAIM	SA-I-ONUOUS
JE TE DEMANDE	MARKOU
MANGER	NARGI
MOI	LIM
PAS	NO
PLUS HAUT	THAR
PROCHAIN	RINO
S'IL TE PLAÎT	SIL
TOI	LIT
TOUT	OULE
VOL	GRUPTA
VRILLE	REBRA

DRAGON-FÉE	FRANÇAIS
DAKOM	ATTERRIR
GERU	HORIZONTAL
GRUPTA	VOL
HURR	GENTILLE
LIM	MOI
LIT	TOI
MARKOU	JE TE DEMANDE
MICAL	AMI
NARGI	MANGER
NO	PAS
NU	FAIRE
OUA	DOUX
OULE	TOUT
OUTE	BÊTE
REBRA	VRILLE
RINO	PROCHAIN
SA-I-ONUOUS	J'AI FAIM
SIL	S'IL TE PLAÎT
SOIGON	BONJOUR
THAR	PLUS HAUT
TOUNE	ENSEMBLE